斑马，斑马

张运涛 著

河南文艺出版社
·郑州·

图书在版编目(CIP)数据

斑马,斑马/张运涛著. —郑州:河南文艺出版社,
2020.5(2021.1重印)
  (文鼎中原)
  ISBN 978-7-5559-0991-0

  Ⅰ.①斑…　Ⅱ.①张…　Ⅲ.①中篇小说-小说集-
中国-当代　Ⅳ.①I247.5

  中国版本图书馆CIP数据核字(2020)第065140号

策　　划　李　勇
责任编辑　暴晓楠
书籍设计　胡晓宁
责任校对　丁　香
丛书统筹　李勇军

出版发行　河南文艺出版社
本社地址　郑州市郑东新区祥盛街27号C座5楼
邮政编码　450018
承印单位　河南新华印刷集团有限公司
经销单位　新华书店
纸张规格　890毫米×1240毫米　1/32
印　　张　7.625
字　　数　164 000
版　　次　2020年5月第1版
印　　次　2021年1月第2次印刷
定　　价　35.00元

编委会

目　录

任雷诺外传

一

任雷诺真正走向仕途，我给他出过力。

任雷诺最初在县城边上的一所中学教书。他是美术专业毕业，那时候乡下的学校哪有美术课？任雷诺其实是在学校打杂，检查卫生、通知开会、布置会场⋯⋯

我和任雷诺的关系始于大学。那一届师专沿淮籍的同学总共四个，除我们俩，还有朱求是和牛天。有我父亲这个老教育局长的面子，我没有到乡下，留在教育局工作。朱求是转行到检察院脱离了教育系统，同是中文系毕业的牛天分配到县一高，只有任雷诺到了乡下中学。好在任雷诺家在城里，他每个周末都要回来。他只要一回来，我们四个就要聚一聚。毕业第三年，我已经被提拔为教育局团委书记。股长和股长差别也大，朱求是是办公室主任，管吃管喝，比我要牛得多。我们四个聚会大多都是吃他的，完了每人还能带走两包烟。

新学期开学，我陪余局长下乡检查开学情况。任雷诺工作的学校离县城近，是检查的第一站。进大门是一条窄窄的林荫小路，路两旁有四块黑板。余局长停下来，你们这板报多长时间出一次？陪同的校长答，一周一次。余局长又问，有具体负责的人吗？校长答，有。余局长的眼睛从黑板报上挪到校长身上，问，谁？我自作聪明地问，是任雷诺吧？一个乡下学校，除了美术专业的任雷诺，还有谁能把板报办得如此有模有样？校长说，杨书记说得对，是任雷诺。我赶紧解释，任雷诺是我大学同学，学美术。

走的时候，余局长问，你们知道我今天要来吧？

校长搓着手，哪啊，不知道。

不知道这条路怎么扫得这么干净？

我们每天都扫啊。校长看起来很无辜。

每天都扫？

每天都扫。我们有个美术老师，没任课，每天早晨老早就来扫地。对了，就是杨书记的那个同学，任雷诺。学校没开美术课，除了出黑板报他在这儿也派不上多大的用场。

车上，余局长问我，你那个同学，怎么样？

我知道余局长的意思，他肯定是想到局里的那几块黑板报了。教育局的黑板都在办公室的山墙上，出来进去的很惹眼，但黑板报办得实在是不敢恭维，版面不美观不说，字也写得歪歪斜斜，有辱教育局这样代表着知识和文化的单位的门脸。

这个时候，我当然要替任雷诺说好话了。任雷诺这个人，跟我们不太一样。他是我们同学中年龄最大的，应该大我们四五岁吧。上大学之前他本来有工作，部队转业后安排在县剧院做美工。在他父亲的影响下，他从小就喜欢画画。做了两年美工，他不甘心，又参加高考。我认识他，就是因为高考。1985年的高考，外语报考俄语的全市只有他一个人。因为喜欢苏联电影《乡村女教师》里的瓦尔瓦拉·瓦西里耶夫娜，他是自学的俄语。这也是他后来执意要到新疆支边的原因。

他支过边？余局长问。

没有，想去没去成。我跟余局长解释，我们毕业那年，有一位哈萨克族的教育局长在《光明日报》上写信说，欢迎有志之士去边疆支教。任雷诺热血沸腾，给局长写了封长长的自荐信，要求去新疆支教。当时动静闹得很大，学校不相信他，问他什么目的。去新疆能有什么目的？学校借口教育厅不批，拒绝了他。任雷诺不死心，自己跑到郑州，找到教育厅学生处。人家说，学校根本就没有报上来。任雷诺又跑回学校，学校说，要去也行，你得回去让你父母写下永不反悔的保证。任雷诺又跑回沿淮，缠着父母写下保证。来回折腾了几次，学校最终还是没同意。

关于任雷诺酒后掀翻我们校长桌子的事，我没讲，我怕余局长不喜欢。

总而言之，任雷诺是个人才，我信誓旦旦地跟余局长保证。他有一幅画，刚刚接到参加全省画展的通知。参加画展可是美术界最荣耀的事，任雷诺可以说开创了咱沿淮县的历史……

当天晚上我就向任雷诺传递了余局长对他感兴趣的消息。任雷诺很兴奋，骄傲地说，人才啊，放在哪儿都会闪光的！我打击他，任雷诺，别自恋了，趁着余局长有意，赶紧来疏通疏通吧。任雷诺反问我，怎么疏通？他欣赏咱，用咱，应该他来找咱疏通啊，别搞反了好不好？我好言劝他，现在时兴这个……他截断我的话，你是想让我送礼？算了吧，不去局里我任雷诺也坚决不给谁送礼！

没多久，任雷诺调到局办公室，专门负责那几块黑板。

也该他走运，很快，任雷诺又迎来了他人生的第二次转机。

局里的小车突然打不着火了，余局长急得直骂司机，九点钟全市教育局长开会，去晚了余局长要挨骂。车是辆新车，沃尔沃，上边刚拨给教育局的。任雷诺去得早，他掀开引擎盖，三下两下就弄好了。任雷诺在部队是汽车兵，给首长开过一年车，车型正好也是这种沃尔沃。余局长怕路上车再捣乱，临时抓了任雷诺的差。

任雷诺自然而然地成了余局长的司机。在机关单位，局长的司机可不是谁都能做的。吃的喝的都是公家的不说，还贴近领导，是不在册的单位领导。但任雷诺不乐意，司机这差事没日没夜的，没规律不说，还没自己的时间。出黑板报倒是没耽误，等领导开会的间隙就能搞定。画画就不行了，画画需要整块的时间。上次参加省里的画展时，有人看中了任雷诺那幅参展作品《父与子》，两千块钱买走了。任雷诺受到鼓舞，回来更勤奋了。我们四个人聚会时，他曾经豪迈地说，争取在五年之内参加全国画展。而司机不分上下班的工作，严重影响了他的创作。

牛天也脱离了教育系统。县广播电视局缺少采编人员，在全县招考，牛天考了个第一名。广播电视局跟教育局协调好，余局长不愿放人。那两天，余局长的父亲正好在县医院住院，我让牛天买了几只鸡、两百个鸡蛋送过去。牛天如愿以偿，他踌躇满志，决心要在新闻战线上做出点名堂。当晚，牛天要请客，地点是通风大酒店。本来朱求是要做东的，说是给他祝贺，但牛天坚持自己请。

通风大酒店其实是自嘲的说法，路边地摊，四面通风。任雷诺到得最晚，余局长下乡检查学校危房刚回来。

任雷诺刚坐下，就来了一个卖艺的。小姑娘脖子上挂把吉他，问我们想听什么歌。我摆摆手，去去去，别影响我们喝酒。任雷诺却问，《跟着感觉走》你会不？这么流行的歌哪能不会？小姑娘抄起吉他就唱起来……

小姑娘一曲歌罢，一旁吃饭的趁机起哄，再来一个！说得轻松，再来一个谁付钱？任雷诺问她是哪里人，小姑娘说自己是邻县的，在省城大学读书，趁着暑假出来挣点学费。现在这样的骗子到处都是，我让她出示学生证，她说没有，说是出来唱歌谁带学生证？任雷诺却从兜里掏出一张一百元的票子，递给了小姑娘。我站起来想拦，任雷诺已经把钱塞到她手里了。小姑娘连声说谢谢叔叔谢谢叔叔，任雷诺打断她，我有这么老吗？

我们谁也没有注意到在暗处跟拍的摄像机。小姑娘真是大学生，省电视台为了拍一部大学生勤工俭学的纪录片，已经跟踪拍摄了十多天。

第二天，那几个记者来教育局采访，想补几个任雷诺的镜头。任雷诺不在，送局长下乡了。面对镜头，我有点亢奋，没有遵守诺言，把任雷诺给希望工程捐款的事也抖了出来。记者来劲了，任雷诺连续四年给希望工程捐款不留名，这可是条好新闻。

沃尔沃回到局里，记者的摄像机迎上来。新来的熊局长还以为记者是采访他呢，连忙整了整头发。

记者问起昨晚任雷诺的义举，任雷诺很不好意思。其实，我本来打算给小姑娘一张五十的绿票子的，没想到，掏出来的竟是一张红票子。那么多人看着，我没好意思换，只好给了她。

一旁的熊局长忍不住，笑了。

记者也笑了，赶紧停了摄像机……

后来，市电视台、市日报、市晚报、县电视台都来了。新闻嘛，都是挖出来的。任雷诺果然有料，他在部队立过三等功，入了党，大学毕业后每年都通过希望工程资助失学儿童……这下子，任雷诺想不出名都难了。

这个熊局长，先前是乡党委书记，来教育局不到一个月。

官当久了，熊局长特别官僚，任雷诺不喜欢他。机关里不喜欢谁，都是暗地里，面子上反而更热乎。任雷诺不，他不喜欢谁偏偏想让人家知道。听说前几天出差，他实在忍受不了熊局长的官腔，半路上踩住刹车，让熊局长下车。这事我也是听别人传的，谁都不相信看着又精又灵的任雷诺会这么傻，但我信。我为他担心，局里年底就要动人，他这样对待新局长，恐怕是没戏了。

不过，熊局长深谙官场规则，这个时候，如果硬压住任雷诺，肯定会激怒媒体和民众的。提拔任雷诺，既显得他局长爱才识时务，又能换个跟自己贴心的新司机，一举两得，多美啊。

我听人家说，还有一种版本，说熊局长的意思是，对于任雷诺这样不听话的人，驯服他的最好办法就是让他当个小官。入了官场，尝到了做官的好处，他就会一门心思地想再上一层。怎么上？只有对上级唯命是从。我更相信最后这个版本，暗合了熊局长的老谋深算。

任雷诺的职位是局团委书记，接替我。我没升，由杨书记变成办公室杨主任，平级调整。虽说没提拔，可岗位更重要了，用官场的说法，叫重用。重用当然不如提拔，我心里略有不满，晚上躺在床上，老是反思自己哪里做得还不到位。

给任雷诺祝贺时，我心里其实很不是滋味。任雷诺端着酒杯，踌躇满志。国家现在重视知识分子，咱们赶上好时候了。好好干，咱们肯定有做县长、县委书记的那一天。到那时候，咱绝对不能让沿淮还是这个样子！

也就是那天晚上，我发现任雷诺的眼睛不同于我们三个。牛天和朱求是的眼睛像兔眼一样，警惕，格外精神。但任雷诺不，他的眼睛总是让我想到清澈这个词，就像一汪碧水，你不忍扔下哪怕一片枯叶进去。我回去后，对着镜子凝视了很久，镜子里的那双眼睛也不例外，闪着警惕的光。

二

任雷诺一上任就游说熊局长，把教育局公共厕所前面的那个墓保护起来。熊局长很不屑，一个破坟堆，有什么可保护的？任雷诺小心地给熊局长介绍，黄叔度可是咱沿淮的名人，叔度陂湖这个成语您肯定知道吧？就是说他的。还有这个碑，"黄叔度墓"这四个字可是唐代大书法家颜真卿亲笔书写……熊局长截断他的话，找文化局去，这事跟咱教育局有什么关系？任雷诺找过文化局，进门看他们的桌子都破得快要站不住了，就没好意思再提文物保护的事。

团委书记其实是个闲差事。人闲了容易生事，熊局长让他捎带着负责局里的考勤工作。这个活不讨好，谁都不愿干。熊局长在班子会上却说，任雷诺这个同志认真，最适宜搞这项工作。

任雷诺确实认真。他把第一周的上班情况及时公布到了黑板报上，没有正常上下班的多达十四人次，其中有师训股股长周二上午缺席，我周四上午早退。黑板报前闹哄哄的，榜上有名的都在发泄对任雷诺的不满。这人不会当官吧？拿着鸡毛当令箭……

牢骚归牢骚，任雷诺一视同仁，他严格按签到册统计。我心里窝着火，局长、副局长不参与考勤，黑板报上就我和师训股股长是中层领导，这不是让我们没面子吗？师训股股长在我后面抱怨，那天我去医院看病人去了，我可是跟熊局长请过假的。我知道他肯定没请假，他仗着自己的老婆跟熊局长的老婆都在财政局共事，做什么都打着熊局长的旗号。我装着同情他，你请过假还怕什么？苦的是我啊，家里有事忘了跟咱们的任书记打招呼了。

师训股股长的火被点燃，气呼呼地找任雷诺去了。

后面的事是我后来听说的。师训股股长一进任雷诺的办公室就嚷嚷，我那天跟熊局长请过假了，局长的话在你面前也不算吗？任雷诺不急不忙地说，你甭拿局长压我！局长还有一句话你记住没？任雷诺负责局里的考勤工作，半天假必须得跟他请，否则视为缺席。

从此，教育局的签到不再只是个形式了，谁都得认真对待。局里有规定，一个月迟到或早退三次、旷工半天或请假三天，当月奖金泡汤。

碰巧那段时间市纪委暗访各县上班情况，沿淮县教育局成了好典型，得到市委、市政府的通报表扬。熊局长脸上有光，回来在全县教育工作会上还表扬了任雷诺，并奖励他一辆自行车。

任雷诺还是不喜欢熊局长。熊局长把他在乡里的那套重形式不讲实效的官僚作风也带到了教育上，各学校口号喊得满天响，标语写得吓死人，教学却松松垮垮，缺少实际可操作的教学管理目标。最明显的是两所高中，有名气的老师都跑到外地了，尖子生也流失到附近县市。眼看沿淮的教育就要毁了，熊局长在县里却风光依旧。

腊月二十四的早上，熊局长的岳父死了。接到熊局长的电话，我早饭都没顾上吃，挨个通知各相关单位。

身为办公室主任，给领导的家属办丧事也属于我的工作范畴。下午，我又马不停蹄地赶到熊局长岳父家。表示哀悼之后，我主动请缨联系灵车、接送来客。

任雷诺是第二天上午到的。上礼金的时候，他拿出来的是一张红票子。按说，作为局里的中层领导，送一百块钱礼金也不算多，任雷诺却跟记账的说，找我五十。我有点不相信自己的耳朵，和记账的同时看了看任雷诺。他站在那儿，面无表情地重复了一遍，找我五十。过后我问过任雷诺，局里的中层领导送五百、一千的都有，你要送五十就提前备好啊，还偏偏拿出来一张一百的让人家再找回五十，你这不是明显让人难堪吗？长这么大，我可是第一次见送礼的找人家要找头的。任雷诺不以为然，没见过？这不就见过了吗？他与我非亲非故的，送五十已经很不错了。

熊局长转身走了。熊局长本来离任雷诺不远不近的，听了任雷诺的话他肯定比我更诧异。

　　夜里我陪熊局长守灵，顺便跟熊局长讲了任雷诺名字的由来。任雷诺小时候叫任宏伟，这名字很有气势，是他父亲起的。他父亲是个不出名的画家，小任宏伟耳濡目染，也爱上了画画。他们家里有几幅临摹法国画家雷诺阿的油画，画的都是日常生活，却美不胜收。比如一个读书的妇女，一对跳舞的男女，一个小酒馆的露天舞场，等等。小任宏伟由此喜欢上了雷诺阿，他也要做雷诺阿，画出平凡中的美。在自己的书本上，小任宏伟把自己的名字偷偷地改成了任雷诺阿。父亲倒还开明，可老师不同意，哪有四个字的人名？叫起来太拗口。小任宏伟第一次坚持自己，说人家的名字就可以四个字，为什么我就不行？老师最后妥协了，说叫任雷诺可以，任雷诺阿绝对不行。小任宏伟没敢坚持，于是改成了现在的名字任雷诺。

　　这个时候我讲任雷诺名字的由来，显然是想和熊局长套近乎，安慰熊局长，别跟任雷诺一般见识，他就是那样不着调的人，从小就是。熊局长听罢，却没吭声。我想了想，又给熊局长讲了任雷诺的另一个故事。小学老师让学生们用"有的……有的……"造句，轮到任雷诺了，他说我们班的同学，有的有蛋，有的没蛋。全班哄堂大笑，老师也傻了。任雷诺呢，还自以为完美，满脸得意之色。这事我先是听局里的同事讲的，可能他们也是想以此证明任雷诺自小就是个很二的人。我后来当面找任雷诺求证过，他认真地想了想，说实在想不起来了。不过，他承认那像是他做过的事。我讲完这个故事，熊局长终于笑了，他还轻轻地拍了拍我的肩膀。

年后第一天上班，牛天打电话说，朱求是被公安局拘留了。我以为他是开玩笑，初三我们四个还在一起喝酒哩。牛天说，真的，他聚众看黄色录像。

当时有政策，看黄色录像和赌博不需要抓现行，有人检举就算。朱求是就是被他们检察院内部的人检举了。那几天，我们三个人心里都忐忑不安，一方面感叹江湖险恶，另一方面又怕朱求是供出我们。说实话，那玩意儿我们几个都没少看，他是检察院办公室主任，弄几盘黄色录像带还不容易？有一次酒后，我们四个来了兴致，还一起在朱求是的办公室看过。

还好，朱求是没有检举我们。但根据上边的政策，他被清除出公检法队伍。

朱求是的事让我们很受警醒。任雷诺感慨地说，唉，其实好东西还是比较多的，比如现在正流行的《还珠格格》……我笑他一个艺术家，喜欢电视上那个没心没肺的小燕子也太低俗了。任雷诺不以为然，谁规定艺术家就不能喜欢小燕子了？连皇上都心仪，我低俗一下又有什么？

低俗就低俗呗，你别弱智啊！任雷诺给县委书记写了一封信，这封信像一把火，没有烧着别人，却把他自己给烧伤了。

信很长，任雷诺写了沿淮县教育的严峻形势，并提了几条建议，恳请县领导考虑。信里写的都是实情，建议也很中肯。就是最后落款，谁也没想到是实名——教育局任雷诺。

信最后转到了熊局长手里，县委书记也有批示，请教育局比照，有则改之，无则加勉。任雷诺原指望县里的领导看到自己的信后会在教育系统做一些调研，并针对他的提议搞一些具体可行的应对方案。没想到，会是这个结果。

局党组会上，熊局长一一化解了任雷诺信中提到的沿淮县教育存在的问题。优秀教师跳槽和尖子生流失，这是目前全社会的问题，并不只是我们县才有的现象。社会资源分配不公，我们又是偏远县区，交通不便，教师待遇上不去，这才是最根本的问题。中招、高招成绩连年下滑，这恰好证明了我们沿淮教育系统是在贯彻上级的教育方针，应试教育还没有害苦我们吗？不能再助长应试教育了，我们沿淮县教育局一定要尽一己之力，大力推行素质教育……

熊局长，列席会议的任雷诺站起来说，应试教育和素质教育并不矛盾啊，我们不能因为抓素质教育就……

熊局长打断他的话，任书记，搞素质教育肯定是要做出牺牲的，成绩就是明显的例子。你还不能称教育专家吧？素质教育可是我们国家的教育专家们根据国情制定出来的教育方针。教育局作为各级学校的领导部门，我们要站得更高一些，眼光放得更远一些……

熊局长这明显是在偷换概念，任雷诺哪有否定素质教育的意思？我也是列席人员，负责记录会议内容，没有发言权。熊局长知道我和任雷诺是同学，我必须得表明自己的立场。我顾不了任雷诺，只要熊局长讲话，我一边忙着做记录一边装作若有所思地点头赞同。熊局长应该都看在眼里了吧？会议结束，我的头都快点晕了。

县里调整正科级干部，熊局长连局党委书记一职也兼了。这是我早预料到的，虽然他缺少教育管理的能力，但要论织关系网，熊局长可是游刃有余。

接下来是提拔副科级干部，教育局分到一个指标。新世纪即将到来，一切都在改革，干部的提拔更民主了，民意测验必须考核优秀。这一点我有把握，平时我注意搞好上级关系，并且下级关系我也丝毫没敢马虎，能办的事我一定给他们办，不能办的，话我一定会说到。果然，全局职工给八位股长投票，我优秀。还有一个优秀，谁也没想到，竟然是任雷诺。我们都不理解，他严格考勤得罪了那么多人，怎么还有人投他优秀票。

民主之后就是集中。毫无悬念，胜出者是我。那天的局党组会不是我记录的，我回避了。但事后就有人给我详细介绍会议情况，熊局长先读了我和任雷诺的简介，然后让大家发言。大家一致认为，任雷诺同志虽然工作认真负责，但工作方法简单，目前看来还不太成熟。而杨从众同志，能服从党的领导，工作认真负责，方法得当，是一个值得培养的好干部。

我终于舒了一口气。

我和牛天同时升的副科级，他从广电局人事股长调任副乡长，我比他更好，下乡当副书记。

宣布任命之后，我和牛天就去找朱求是和任雷诺。朱求是我们从酒席上拖出来的，他和他的新同事正在喝酒。从检察院出来不久，他就调到了城建局。听说，他是城建局正在筹备的一个新机构的候选负责人。任雷诺正猫在自己的储藏室里画画，任雷诺很投入，看不出他有多伤心。我心里其实一直很敬佩他，也想像他一样，但又怕像他，很矛盾。

任雷诺给我们翻出一幅画，画上是一老一小两个人的背影。任雷诺说，这是《父与子》系列中的一幅。后面那小的，学着前面老者的样子，手背在后面。这幅画，是任雷诺第二次参加河南省画展的作品。

那天我们喝得比任何时候都畅快，我和牛天都升职了，朱求是马上要做城管队队长了，前途都一片光明。只有任雷诺没动，改为局督察室主任，他年龄超了，不适合再做团委书记了。

任雷诺也不气馁，几杯酒过后依然豪情万丈。好好干，记着咱大学时的理想。多做点好事，对得起咱们的身份，好歹咱们也算是知识分子。这话虽然有点扫兴，但每个字都实实在在的，很有针对性。也就任雷诺能说出来，要是换成我们仨，肯定会让人笑，让人骂我们矫情。

三

我在乡里干满一届之后，我们的书记提拔了，副县长。

乡长顺其自然，升为书记。这样一来，就空出个乡长的位置。乡人大主席是最具竞争力的——按沿淮县的惯例，乡人大主席就是乡长的过渡职务。但我也有机会，我分管的工作在各乡排名都靠前。不过，谁都清楚，这年头最关键的不是这个。

这时候，也是最敏感的阶段。县委、县政府楼上人心惶惶，都在四处打探消息，谁想着哪个位置，谁找了谁，谁送了多少……有机会的，竖着耳朵捕捉信息；还没轮上的，趁机收集行情，或者探探路，看个新奇。

一切都对我不利，组织上最后定下的考核对象是乡人大主席。我犹豫再三，还是决定亮出撒手锏，举报乡人大主席。去年秋末的一天晚上，我从城里回来，撞上乡人大主席把一妇女挤到墙上亲嘴。第二天一大早，乡人大主席就来找我，说他昨夜喝多了。我跟他打哈哈，我也喝多了。城建局那帮龟孙还能放过我？硬朝我嘴里灌，我都不知道怎么回来的。

之所以犹豫，是因为任雷诺。被乡人大主席亲嘴的妇女，是任雷诺的老婆，燕小琴。

任雷诺的朋友都知道，任雷诺有两大珍爱，一是画，二就是他老婆燕小琴。用他自己的话说，见到燕小琴，他才知道什么是爱情。

前面说了，任雷诺比我们大，却是我们中最晚结婚的一个。我们为他介绍了一个又一个女朋友，他却一点儿也不急，说他还没遇到让他有追求冲动的姑娘。

任雷诺爱上燕小琴的时候，她刚刚从麻纺厂下岗。她父亲是检察院的普通干部，当时就住在朱求是楼下。朱求是提醒任雷诺不要浪费时间，燕小琴比他小了整整十岁，又特别漂亮，人家怎么会看上他？任雷诺不死心，朱求是打算硬着头皮去做媒。词儿我们早就替他想好了，你燕小琴没工作，任雷诺好歹也是大学毕业，股级干部，这可是一桩前途看好的姻缘。可任雷诺拒绝了我们的好意，他要自己追，不让我们掺和。他觉得他的小燕子是女神（八字还没一撇呢，他就称人家小燕子了），别说他这样的大学毕业生，就是博士生也不一定配得上她。任雷诺动了大脑筋，他先写了一封匿名信，想试探一下燕小琴心里到底有没有他。任雷诺在信里面夹了个红心——用红线绕成的红心，很简单的一个造型。信上说，如果你有了心仪的男生，就把这个红心寄给他。任雷诺幻想的最好结果是，燕小琴把红心寄给他，两个人你情我愿，终成好事。让他失望的是，接到信后的燕小琴没有任何反应。朱求是给他出主意，燕小琴可能被你的文艺范儿吓住了。对于这样没文化的姑娘，你不能羞羞答答，直接上！任雷诺被鼓动，堵住燕小琴，像抓燕子一样牢牢地抓住她的胳膊，质问她高傲什么。燕小琴哪经过这阵势，被任雷诺趁机拥进怀里……

我下乡当副书记的第二年，乡农经站的会计出了车祸，我让在家里赋闲的燕小琴过来顶班。我没指望任雷诺这个不食人间烟火的家伙感激我，但我从燕小琴见我时毕恭毕敬的态度看，我是帮他们解决了一件大事。

燕小琴是个不爱说话的女人，走路都低着头。任雷诺一直把她当成小燕子，女儿都十岁了，还像恋爱时那样一口一个小燕子地叫，像疼自己的女儿一样疼她。任雷诺经常跟我们说，好女人的一切都是向上的，眉眼、乳房、屁股……过了某个阶段，女人的一切才开始向下，连眉眼都是，没有了年轻时的气盛。他的小燕子是标准的好女人，她的一切始终是向上的，根本不像生育过孩子。

我们相信他的话。燕小琴的裸体我们都见过，婚前的，怀孕的，生育之后的，现在的……当然，都是在任雷诺的画布上。任雷诺不避讳这些，他说，真正的美，应该是面向大众的。说实话，我还真喜欢任雷诺的那些人物肖像画，很干净，有一种纯粹的美。

任雷诺要是知道燕小琴受到污辱，我想象不出他会多受打击。但我管不了这么多，我写了封匿名信，说乡人大主席生活腐化，利用职权与农经站会计燕小琴勾搭成奸。话是重了点，不重上级能重视？匿名信分别寄到纪委和组织部，很快就见效了。

纪委派人来查，乡人大主席不承认。但燕小琴经不住吓，承认说乡人大主席有天晚上在路上堵住她，亲了她，还在她身上乱摸了一通。没有上床，燕小琴反复强调，乡人大主席要脱她的裤子，燕小琴死活不答应。后来，过来一辆车，乡人大主席才罢手。

不用说，乡人大主席的乡长梦破灭了，我补上了这个缺。那一段时间，我沉浸在迎来送往的祝贺中，忘了燕小琴的事。

　　　　　　　　　　　　　　斑马，斑马

任雷诺到乡里来，我那天喝多了，还以为他来祝贺我呢。我跟他开玩笑，说县里调整干部也能拉动内需，你看，县城也好乡镇也好，这段时间饭馆都是客满。任雷诺不看我，嘬了一口我给他倒的浓茶，低声问，从众，燕小琴与那个乡人大主席，是真的吗？

听惯了任雷诺称呼他的小燕子，猛一听燕小琴，感觉特别别扭，酒也醒了一半。别听他们瞎说，你还不相信燕小琴？那么老实的一个人，怎么会有乱七八糟的事？不可能。最多，是那个乡人大主席想乱来……

狗日的，我去剁了那个狗日的！任雷诺把手里的杯子朝地上一摔，就朝外冲。

我说的是真心话。燕小琴不会说假话，乡人大主席肯定是没得逗。可这事，一传出来就走形了。我抱住任雷诺，心虚地劝他，你先听我说，乡人大主席这一段就没来上班，说是病了。你别在这儿折腾，你一折腾全乡不都知道了？

都这个时候了我还要什么脸？任雷诺涨红着脸，直喘粗气。

遇到这种事，哪个男人也冷静不了。任雷诺让燕小琴辞了工作，别说一千多，就是给一万也不能再进这个狼窝了。燕小琴声泪俱下，任雷诺还是不相信她。即便燕小琴没有失身，一想起自己心爱的小燕子被另一个男人摸过亲过，任雷诺心里就堵得慌。接下来的副科级调整，任雷诺斗志全无。这之前，任雷诺也错过了一次机会，听说他临时被派到九寨沟开会，回来已经尘埃落定。不用猜，肯定又是熊局长设的局。

年底，听牛天说，任雷诺离婚了。我们四个时不时地还会聚一聚，地点转到朱求是新开的江城大酒店。江城大酒店其实并不大，只有七个包房。现在都这样，酒店无论大小都喜欢在名字里加上一个"大"字。酒桌上的话题避开了女人，主要围绕官场的动态、上级的嗜好。我装着过尽千帆的样子，劝任雷诺，你在外面有几面彩旗没什么，何必非要拔掉家里的那面红旗呢？任雷诺奇怪地看着我，你的意思是，即使互相欺骗下去也比离婚好？我觉得很不道德，没感情了还不离，那是欺骗，是虚伪！我讨了个没趣，他还不解恨，又扔过来一句，杨乡长，这就是你们这些道貌岸然的人不离婚的原因？牛天俯在我耳朵边说，别理他，他喝多了。不用他劝，在任雷诺面前我的脸皮早练厚了。

四

2006年，沿淮县换了县委书记。新书记是从另外一个市里交流来的，姓鲍，名东旭。这名字按说很有意味，东旭，东方旭日。可不久，就有人偷偷地给新书记改了名——鲍茅台、鲍中华，说他喝酒只喝茅台，抽烟只抽中华。只是传，我们也弄不清真假，县委书记官太大，我们一般干部没有机会与他同桌吃饭。

也该任雷诺走运，左拐右拐的，竟然跟新来的书记扯上

斑马，斑马

关系了。要知道，在一个小县城，能与县委书记拉上关系，那可是前途无量的事。

任雷诺的哥在省内一所三本大学教书，他回沿淮，我们四个在江城大酒店为他接风。姓鲍的本来就少，任哥哥听我们提到鲍书记，马上警觉起来，问，鲍书记是不是从漯河调来的？牛天说是，漯河某区原区长。任哥哥一拍桌子，天啊，他是我大学同学！

那天晚上有三个人喝醉了，任雷诺、牛天，还有我。任雷诺喝醉属正常，他基本上每喝必醉。起初，我还矜持着，当乡长的，这样的酒场见得多了。一听鲍书记是任哥哥同届同专业的同学，我马上惊了，想个点子推翻了先前不敢开喝的理由。明天的工作交给副乡长吧，少了咱乡长地球就不转了？说完，端起桌上的酒杯干了。我喝醉，是想提前庆祝自己要当书记了。只要给我个线头，我就有本事把这根线捋顺。在官场摸爬这么多年，我自信自己有这种本领。我猜，牛天也跟我一样，心里早打好了自己的小算盘。让我纳闷的是，朱求是一滴酒都不沾，难道他想当一辈子股长？他说他晚上有事。球，能有什么事，还不是去陪他的那些个相好？

第二天，朱求是出差，剩下我们仨全天都陪着任哥哥。任哥哥给鲍书记打电话，鲍书记很热情，说晚上在招待所贵宾一号房请他吃饭。

那天晚上的宴请我们都参加了。我们陪了任哥哥一天，头天晚上还喝醉了，还不是为了鲍书记的这次宴请？朱求是也从省城赶了回来，风尘仆仆的。

我们沿淮县的招待所条件并不好，但贵一、贵二的装修着实配得上那个"贵"字。贵一、贵二是专门给县委书记和县长的，只要他们两个在家，贵一、贵二随时都得备着，谁都不能用。那是我第一次进贵宾厅吃饭，我一个乡下的乡长，哪有机会在这儿做客？

贵一与外面反差很大，里面房间阔大，足有四十个平方。墙上挂着一幅国画，署名范曾。任雷诺看了看，说是赝品，哄当官的。

鲍书记说，老同学回来了，咱今天不喝洋酒不抽外烟。服务员把烟酒搬上来，果然是茅台、中华。这儿的服务员个个身材高挑，穿一身开着很高衩的旗袍。朱求是还不接受教训，眼睛跟着服务员，都快绿了。直到我拍了拍他的手，朱求是才恢复正常。怪不得他的同事都戏称他黄队长——他早升任城管队队长了。

我和牛天都很矜持，不敢放开喝，怕在鲍书记面前出洋相。只有任雷诺，还跟往常一样，旁若无人地伸筷子搛菜，大大方方地喝酒。任哥哥低声劝他少喝一点儿，他不领情，鲍书记准备了这么好的酒，不喝岂不却了鲍书记的盛情？

放开喝，鲍书记示意服务员给任雷诺满上。

任哥哥适时向鲍书记介绍，我这弟弟，还是有点才气的，参加过一次全国画展、两次全省画展。

鲍书记赞赏地点点头。

任雷诺手上搛着一筷子菜，忙里偷闲地向鲍书记笑了一下。任哥哥拉拉他的袖子，站起来，来，我们兄弟俩敬老同学一杯！三个人喝完，任雷诺转身又招呼服务员添上。任哥哥不好意思地向着鲍书记，请老同学多关照咱弟弟。

熊局长听说了任哥哥与鲍书记的这层关系，第二天也来请他。熊局长的目的很明确，想请鲍书记，任哥哥只是个桥。遗憾的是，鲍书记辞了，说是上面来了领导，他走不开。没有了鲍书记，那天的饭吃得很没味，跟没放盐似的。中间我偷偷泼了一杯酒，被任雷诺当众出丑。从众，你不喝可以，但别泼酒——酒可比油贵啊！酒席上泼酒的事，谁没干过？被人当众揭发出来，我这是第二次——第一次也是任雷诺干的。任雷诺搞得我特别尴尬，当时在场的还有组织部一位副部长。我只好勾着头，一迭声地道歉，喝多了喝多了。

人家任雷诺跟没事一样，一如既往，喝得比任何时候都要尽兴。

任哥哥、朱求是带着任雷诺先走，我和牛天、熊局长，还有那个副部长正好凑成一桌，打了会儿麻将。说起任雷诺，熊局长讲了个笑话。有天上午，上面下来一个学者，给老师们做讲座。时间还早，我找任雷诺过来陪他聊聊天，任雷诺好歹也算个画家，他们应该有共同语言。我跟学者介绍说，这位是我们县著名的艺术家。本来我想说画家的，后来想想，艺术家好像更大些，临时改了口。还没等我介绍完，任雷诺就靠到沙发靠上睡着了。还是人家学者脑子转得快，说真是艺术家，行为艺术家。我哭笑不得，任雷诺倒是会配合。

这下好了，鲍书记一来，任雷诺多少年没解决的问题有希望了。熊局长把自己撇得干干净净，好像任雷诺没提拔都是因为前任县委书记，跟他一点关系都没有似的。

第二年春，县里大面积调整干部，我升任乡党委书记，牛天回城当了文化局局长。熊局长还是教育局局长，这个位置他坐了八年，听说鲍书记有意要换掉他，候选人是两个乡党委书记。熊局长也不知道从哪儿得到了消息，辗转腾挪，保住了自己的位子。

县里召集全体科级干部开会，统一思想，不传谣不信谣。每次干部调整都会有一些小道消息传出来，这次也不例外，只不过传得更多、更广。说牛天送了十万才当上文化局局长，他一个副书记，凭什么一步就做了一把手？虽说不是大局，到底是回了城，还一把手！说任雷诺没送礼，想靠他哥跟领导的同学关系，哪有这样的好事？这些传言还真奇怪，你不信吧，为什么传得那么准确呢？比如我，上次人家说我当乡长送了五万，这次说我当书记送了十万。送钱的时候，就我和鲍书记，外人怎么会知道呢？

任雷诺没动，让人大跌眼镜。后来任哥哥向鲍书记问过这事，鲍书记说忘了，还埋怨说，你弟弟也不来找我谈谈，那么多人要求进步，我哪能都记得住？

我私下里曾经语重心长地劝过任雷诺，人情是一，意思意思也很重要。雷诺啊，你得适应。任雷诺眼睛一瞪，适应？

适应你们这些官僚的领导，做你们的顺民？我用手朝下比画了一下，雷诺，先别激动。中庸你应该比我熟吧？有你哥的面子扛着，别人送十万你送五万，既有人情又有实惠，这不就是中庸？任雷诺不激动了，换成一副讥讽的腔调，你还真能糟践中庸啊，是不是把你大学里学到的东西都活学活用到官场了？我知道任雷诺又二起来了，懒得跟他饶舌，转身走了。就让他自己生活在真空里吧。

组织部的红头文件上也没有朱求是的名字，他还是那个城管队队长，跟任雷诺一样，原地踏步，股级。

我突然想起大学毕业典礼上校长讲过的话，说我们都是四棱四方的石头，经过社会的打磨，棱角才会磨平磨圆，才能融入社会。校长说得真对，这不，我已经磨平了，牛天也应该磨平了，只有任雷诺还四棱四方的。不急，时间还长着，任雷诺也不会例外，早晚也会磨平的，我想。

五

我手下一个副乡长，写匿名信揭发我喝酒喝死了一个村干部。

我没当回事，这事早摆平了。一个多月前，我带着几个人下去检查工作，村里留着不让走，找了几个村干部陪酒。喝到中途，有个村干部红着脸提了个请求，他小舅子寡汉条子，六十多岁了，一直跟着他，看能不能给他定个五保户。按政策，这是理所当然的。我也喝多了，信口说，你要是把这杯酒喝了，就给你办。那杯酒足有三两，我本来是开玩笑，对方生怕我改口似的，抢过去一饮而尽。半夜里村主任给我打电话，说那人给酒闹死了。我赶紧让人去做善后工作，对外就说男人心脏病突发。乡里赔偿二十万，给他老婆弄个低保，再给他小舅子定个五保户。火化那天我没去，怕目标太大，派了民政所所长过去。所长回来跟我汇报说，还好，挺热闹的。那村干部信教，去了好多教友，又唱又弹的，很有仪式感。所长见我眼睛还盯在报纸上，一声不吭，就很局促，故作轻松地开玩笑说，信教还真不错，死了很排场。

市纪委工作做得很细，跟当时酒桌上的人逐一谈话后，又做通了死者家属的工作，拿到了赔偿协议。我被叫到县委招待所。

我是下午被纪委叫去的，当天晚上就被放了出来。鲍书记跟纪委做了工作，人家不再追究此事。听说，鲍书记的连襟是省纪委的副书记。

第二天上午县委礼堂有个会，本来是各乡镇、局委分管宣传的副乡长、副局长参加，鲍书记却特意嘱咐我参加。电视台的摄像机对着我拍的时候我才意识到，还是鲍书记高，他这是让我在全县亮相啊，表明我杨从众出来了，没什么大不了的事。

雨过天晴，风平浪静。晚上我推了很多饭局，牛天设宴为我压惊，就我们兄弟四个。

酒桌上，朱求是讲了一条小道消息，说有个小偷钻进了"狗东西"的办公室，偷到九十七万现金。小偷被抓后，"狗东西"授意派出所所长，让小偷只承认一千。任雷诺靠在椅背上，说，小说看多了吧，人家都是傻子，办公室放那么多现金？朱求是好像不屑与任雷诺较真，但为了让我们相信，交底说是派出所的哥们儿告诉他的，绝对可靠。

按朱求是的性格，这事应该是真的。但我刚刚经历此劫，还不全是鲍书记帮忙？我言不由衷地打着酒嗝说，鲍书记是好人，关键时候没扔掉咱！牛天笑，你以为他是救你啊？他那是救他自己！

任雷诺愣了，他没太听懂我们的话。

现在"狗东西"见钱才办事的传闻到处都是，朱求是转向任雷诺，雷诺就是一个很好的例子。不送钱，什么关系也不行。

任雷诺沉着脸，没有说话。我指着朱求是说，你没送，我相信。你跟雷诺不一样，你是不想挪位置。城管队队长油水多大啊，哪个副科级的位置比得过你？我那天有点忘形，话说漏了，这一说还不等于承认自己送过礼了？没关系，反正都是自己人，他们还能害我？

任雷诺还是不开窍。一说领导你们就离不开钱和色，领导要都像你们说的那样，那国家不早就瘫痪了，咱们还能在这儿安心喝酒？别以小人之心度君子之腹。鲍书记肯定是事多忘了我的事，他要真像你们说的那样不见兔子不撒鹰，不早出事了？

朱求是拍拍任雷诺的肩膀，赶紧醒醒吧，这可是咱沿淮县最好的时候，明码标价，童叟无欺。当然，也是最糟糕的时候，苦的是老百姓。

我看看牛天，这话怎么这么熟啊？

《双城记》的开头，牛天很文艺地开始朗诵。那是最美好的时代，那是最糟糕的时代……

任雷诺喝光杯里的酒，在桌上顿了一下。你们这是诽谤知道不？没凭没据的，乱讲！他真生气了。

我叹了口气，雷诺啊雷诺，官场的事也就我们跟你说实话。

任雷诺不领情，红着眼睛瞪着我，杨从众，既然你跟我说实话，那就老老实实跟我们说说，你是不是逼过那人喝了一满杯酒？

谁逼他？酒话也能当真？我说的是实情，在纪委那儿连酒话我都没敢承认。

酒话？别忘了你可是党委书记！任雷诺紧追不放，既然你没错，为什么还赔人家二十万？

我那是出于人道主义。我也喝多了，竟跟任雷诺辩起来。

你还知道人道？按你的说法，你把人家喝死了人家还得感谢你？任雷诺笑起来。不过，他笑得有点瘆人。

可不，就他那家庭，恐怕这辈子也挣不到二十万块钱……

杨从众啊杨从众，任雷诺点着我的鼻子，又转向牛天，

　　　　　　　　斑马，斑马

转向朱求是，看看你们这些人，还算人吗？活脱脱的鬼！连鬼都不如，鬼还知道只在夜里出来，把白天让给人。

牛天夸张地笑起来，哈，你在和你的鬼兄弟喝酒啊？

谁跟鬼是兄弟？任雷诺站起来，再次指着我们。哪天我挨个扎你们一刀试试，看看你们身上还有没有血。说完，扬长而去，留下我们仨。

任雷诺喝多了，我们谁也没有放在心上。我们要是都像他，到处跟人生气，还能有今天？

政协马副主席到我们乡搞调研，问我知不知道谁的乒乓球打得好。马副主席是我的前任书记，刚到政协。我给他介绍任雷诺，教育局督察室主任。任雷诺来过我们乡几次，马副主席见过他，印象还不错。马副主席问，有多好？我说具体我不清楚，但他得过全县的冠军。马副主席跟我透了实情，新来的侯主席喜欢打乒乓球，而且打得相当好，上大学时得过全校的冠军。政协你也知道，事不多，侯主席没事就想锻炼锻炼身体，但苦于找不到旗鼓相当的对手。我说其他我不敢保证，您要是想找个陪练，任雷诺绝对称职。我的意思其实是，我只保证任雷诺球打得好，他要是在政协出了其他什么事，我可是有言在先。

接下来，马副主席就想调任雷诺过去。我说慢，您不了解这人，您要是说调他过去陪领导打球，他肯定不去。马副主席说，那是，这理由也上不了台面啊。他能写吗？我说，不光能写，还能画——全国画展他都参加过。听说最近他的画又一次被全国画展选中，好像是一幅人物肖像。跟马副主席说这些没用，他不知道全国画展的意义，他只知道自己的主席需要个乒乓球陪练。我像个媒婆，赶紧转变策略，接着夸任雷诺这朵花能写会画，办个宣传栏、写个报道那都是小菜一碟。马副主席当场拍板，调他过来负责政协的通讯工作，沿淮县政协还从来没有在《协商论坛》上露过脸呢。马副主席提前声明，你那同学还是个股级干部，想一步调过去难。他要愿意来，先借调。

人真是一种很怪的动物，任雷诺远不如我的时候，我老有一种俯视他的感觉，能拉他一把让我很有成就感。但当他快要追上我的时候，我又特别想踩他一脚，与他拉开距离。

我去跟任雷诺说，他还不太乐意，说他不喜欢那个政协主席。前年他给当时还是常务副县长的侯主席发了个短信，说禁烧麦秸的工作马上又要开始了，头一年的奖金怎么还不发。他的秘书马上打来电话，问他是谁，哪个单位的。任雷诺大大方方地回答，教育局的，任雷诺。很快，县里召开禁烧工作动员大会，同时发放头一年的奖金，只有教育局没有得奖。任雷诺气不过，给政府办打电话询问，受批评的单位既然没有教育局，为什么教育局没有奖金？人家说，对不起，这是领导定的名单。任雷诺心想，如此小气的人，也配当领导？

我骂他，你以为你是谁啊？你当股长不止十五年了吧，要是想一辈子只当个小马仔，就好好待在教育局吧。朱求是也开导他，政协门路大，每次提拔干部分配的名额多。牛天趁机威胁他，知道你们熊局长为什么在大会上表扬你风格高不跑官吗？他真是表扬你？恶心你哩！你老告他的状，他心里肯定恨死你了。任雷诺不服气，我什么时候告过他的状，我那是反映教育上的问题好不好？牛天看他又要耍牛脾气，赶紧投降，好好，你是反映问题。趁任雷诺去卫生间，牛天不吐不快，真是一根筋啊！向上反映单位的问题，还不等于打一把手的脸？

六

到了新的工作环境，任雷诺振作了很多。马副主席打电话说，你那同学，还真有两手，半年就在《协商论坛》上了四篇报道。

最关键的，我听说任雷诺很快进入了他真正的角色，开始和侯主席练球了。进了大衙门，任雷诺真的进步了，能把成见放进肚子里，笑脸摆到外面了。

侯主席上任后，让人把闲置多年的资料室收拾收拾，改成了乒乓球室。但整个政协没有乒乓球高手，侯主席连对练的人都找不到。任雷诺去政协的第二天，马副主席就让他去陪侯主席打球。

球打得怎么样？侯主席本来没有对任雷诺抱多大希望，他以为任雷诺肯定是马副主席的什么关系。这年头，想朝政协调的人多了。侯主席才来，没太管下面的事。

任雷诺回答，差不多吧。

差不多？侯主席很意外。在领导面前，一般人都会谦虚一下，留点把握，是礼貌，也算是给自己留条退路。万一交起手来输了，也算有言在先。任雷诺没有谦虚，他跟侯主席说，应该还不错。这是实情，任雷诺夺过沿淮县教育系统的乒乓球冠军，他有不谦虚的资本。

侯主席生得高高大大，乒乓球打得相当好。因为天热，上衣很快就湿透了。反正都是男人，侯主席也跟其他人一样，脱了上衣光着膀子。任雷诺后来跟我讲，说他特别受不了的是，一个成年男人拿着湿毛巾谄媚地去给另一个成年男人擦背上的汗。这事其实我们早已司空见惯，我宽慰任雷诺，你想啊，如果侯主席当着那么多人的面拒绝了那个上前去给他擦汗的人，多伤人心啊！别管他们了，只要你不去擦就行了？

第一天对打的结果，任雷诺输了五局，赢了四局。侯主席第一次遇上真正的对手，大呼过瘾。

任雷诺明显不服气，他觉得他有把握打赢侯主席，这两年没摸过几次球拍，刚刚找回来感觉，又结束了。侯主席晚上还有活动，只好约好第二天再战。

任雷诺到政协一个月不到，县里开始搞公务员清贷工作，银行拉出的名单中有任雷诺。他给人家担保三万块钱，贷款人联系不上。任雷诺慌了，按规定，担保人工资当月起停发，充贷款。

牛天跟我说，他找过银行的人了，人家说这是县长主抓的事，银行做不了主。我仗着跟那家银行的领导熟，打电话问，能不能发一部分？我这同学，可是靠工资吃饭的。你停了他工资，他怎么生活啊？银行领导也很无奈，牵涉的人太多，县长专门指示，谁也不能开口子。

谁都知道侯主席当常务副县长时跟县长关系铁，但依任雷诺的脾气，是断不会向侯主席求助的。球友是球友，不能污染了这层关系。任雷诺多次在我们面前说过这话，堵死了我们让他找领导的路子。我想了个法子，请马副主席在侯主席面前提一下这事。我的意思是，侯主席这次要是解了任雷诺这么大的急，任雷诺也是人，心存感激这是必然的，有利于将来政协的安定团结。最后这句话我没敢说，怕马副主席埋怨我送了颗定时炸弹给他。任雷诺毕竟是我推荐过去的。

果然，侯主席马到成功。我打电话给任雷诺，心想他肯定会为自己当初的担保后悔不已的。没想到，任雷诺还是理直气壮的，我后悔什么，又不是我的错，要怪也只能怪我那朋友不江湖。明儿个你杨从众遇到难处了，让我担保贷款，我能不担保？

任雷诺还真问倒了我。

交友不慎说明你也有问题。我不甘心，跟任雷诺炫耀我就从来没遇到过这样的问题。我那些朋友，谁会做这样的事？

你还好意思提你那些朋友！醒醒吧，他们哪个不是冲着你头上的乌纱帽去的？任雷诺直戳我的肝脏，杨从众，还记得你拍胸脯跟我们讲你那个副乡长绝对是你好兄弟的场面吗？

那么好的兄弟背后还捅你刀子？

我一时无语。官场上所谓的朋友，谁不明白啊？

任雷诺继续戳我，我承认我没有多少朋友，但也没有多少敌人。你敢说你没有敌人？做人，最重要的是，坦坦荡荡。

接下来发生的事，证明我的苦心根本没起作用。马副主席夜里给我打电话，问，任雷诺是不是有病？我一愣，马上意识到任雷诺肯定又犯浑了。马副主席说，下午打完球，侯主席招呼几个球友一起吃饭。任雷诺突然问侯主席，前年禁烧表彰，所有参与单位都有奖金，为什么独独没有我们教育局？我在电话里讪讪地说，这事任雷诺跟我提过。马副主席很气愤，侯主席哪能记得几年前的事？任雷诺还不罢休，提示说，我当时给你发了个短信，可能你生气了，让秘书问我是谁。我说我是教育局的任雷诺，结果，那年只有我们教育局没奖金，全局上下都埋怨我找事，白白忙活了一个麦季。侯主席很尴尬，一时应对不上来，随口敷衍道，怎么能是白忙活了？工作嘛，也不是为奖金……

还好，侯主席并没有计较，任雷诺很快被正式调到政协，在办公室配合工作。谁都知道，任雷诺赢得领导青睐是因为他的球技，他就像一杆旗，引得政协大小干部私下里都开始练起了乒乓球。沿淮县的乒乓球馆也应运而生，生意还特别火。

任雷诺的生活重新有规律起来，晚上下班回去画画，一周打三次球。这规律先前被燕小琴的事给打乱了。朱求是跟我说过，任雷诺找过好几个相好的。他说他要报复，为他曾

　　　　　　　　　　斑马，斑马

经的坚守。这是好事，我说。任雷诺知道去找女人，总比搂着一个充气娃娃睡觉好。有一次我去任雷诺住的地方，在他床头发现了一个充气娃娃。那东西我第一次见，以前只是听人家说过。任雷诺瞥了我一眼，有什么奇怪的，你们找个二奶比买个母鸡都容易，还不兴我用充气娃娃？任雷诺并没打算转移话题，他还就此发了一通议论。充气娃娃惹着谁了？比起女人，我更喜欢这个东西。它对我多忠诚啊，不欺骗我，更不会背叛我。这事我以前没敢跟外人说，心里却一直担心，像这样下去，任雷诺早晚会疯掉的。朱求是这么一说，我反倒放心了。我相信朱求是的话，他们俩都在城里，经常在一起胡吃海喝。别看朱求是只是一个城管队队长，没见他什么时候缺过钱。沿淮县到处都在大兴土木，谁不巴结他？有次朱求是喝多了，当着任雷诺的面跟饭馆老板咬过牙印，我这哥们儿，什么时候来都记到我头上。朱求是这人我们都清楚，有钱是有钱，但谁也别想占他多大的便宜。任雷诺可不客气，从网上钓到女人就朝饭馆带，账都记到朱求是名下。其实也不会多到哪儿去，县城这么小，好歹有点面子的女人谁不怕碰上熟人？

朱求是还跟我们爆料，任雷诺曾被人砍伤过。

有天晚上，任雷诺给他打电话说外面下雪了，咱去喝酒吧？朱求是在电话里笑，说他是典型的文艺青年，下雪跟喝酒有什么关系？笑是笑，酒还是要出来喝的。喝到中途，任雷诺接了一个女人的电话，听口气像是刚钓上来的。任雷诺也不瞒朱求是，说是有个插座闲着，他得去插上。那个时候任雷诺微醺，还能在雪地上骑车。第二天一早，朱求是就接到他的电话，让他送点钱去医院。朱求是去了，医生正在给任雷诺缝针。他背上有三处刀伤，胸前一处。原来，任雷诺去为女人接通电源后，趁着酒意，赖着不走了。他喝了酒，人家一个女人哪能拖得动他？结果女人的老公早晨突然从乡下回城开会，抓了个现形。

我的头皮一阵发麻，他怎么敢动有老公的女人？怪不得有段时间任雷诺一直躲着我们。

朱求是还故作神秘地问我们，知道那女人的老公是谁不？

我们都摇头。

乡人大主席。朱求是诡异地向我们伸开五个手指头，任雷诺跟我炫耀，那是他用过的第五个乡人大主席的插座。

好在，这些都过去了。任雷诺现在工作舒心了，业余时间画画打球，人正常多了。前几天我听到风声，说他跟燕小琴好像复婚了。

周末在街上遇到牛天，我让他联系任雷诺晚上聚一聚，都带上家属，也算为他们复婚祝贺。牛天连连摆手，不行不行，他们住是住到一起了，听燕小琴说，任雷诺不愿意办手续。牛天分析，可能是心里还疙疙瘩瘩的。我说，废话，哪个男人摊上这事心里没有疙瘩？

那一年的年底，马副主席给我打电话，让我赶紧联系熊局长，最好在教育局争取一下。政协两个进副科的指标，三个候选人。开会讨论人选的时候，侯主席一上来就提了两个年轻人，谁敢反对？就定下来了。

我没有找熊局长，熊局长要是知道了，暗地里说不定有多高兴呢。任雷诺啊任雷诺，就你那傻样，就是到了更高的机关，也升不上去。任雷诺借调到政协的时候，牛天跟我说，熊局长专门开了一次局党组会。会上有人听到熊局长对任雷诺的溢美之词，竟然不识时务地接过熊局长的话说，教育局得留住任雷诺，这可是个人才，他走了，宣传这一块是个很大的损失。牛天学着熊局长的样子，手一挥，让人才到最需要的地方去吧！熊局长不敢再阴，只好挑明了自己的意思，要求谁也不能跟政协的人说任雷诺的坏话，认认真真地把任雷诺这尊神送出去。任雷诺成了神，听到这儿，我也笑了。也难怪，任雷诺两次上书反映沿淮县教育存在的问题，虽说后来都被熊局长一一化解，但肯定也让他出过一身冷汗。牛天还说，任雷诺走后，熊局长长长地松了口气，说终于排除了一颗地雷。

后来碰到一起，熊局长主动跟我说过这事，教育局只有一个指标，那么多人争，怎么轮得上任雷诺？再说了，任雷诺又借调走了，名不正言也不顺啊。唉，他怎么没有在政协争取一下呢？我知道争取的意思，让任雷诺那个憨蛋给谁送礼，除非太阳从西边出来。

任哥哥没有再给鲍书记打电话询问，再问明显是自己找难堪。任雷诺的政治生涯眼看就快要到头了。也不亏他，我一再叮嘱他给鲍书记送点钱过去，拉上这个关系不容易。任雷诺不服气——其实他什么时候都没服气过谁，鲍书记不是那样的人，要真是，行贿也得追究责任。他可不想犯罪。我说，送礼收礼这事哪能让你亲眼见到？你听到的还少？任雷诺很坚定，我不信谣言。我笑，天啊，你还当谣言？无风不起浪知道不？沿淮县这么小，别说鲍书记这样的大人物，就是你任雷诺捂着嘴在北关咳嗽一声，也能传到南关去。你就别装了，也别硬撑着了。该妥协的时候，咱必须得弯下腰。

我知道任雷诺是不会听劝的，他这个人，是一个能够把自己做得很彻底的人。每次都是这样，但我总是不死心，社会这么现实，我不信任雷诺看不到。

七

是地雷总要爆炸的，这是任雷诺自己的原话。

年终，文艺界人士座谈。因为与发展经济无关，这样的会已经好多年没开过了。开不开也无所谓，无非是形式上的总结与展望，最后形势一片大好。但这一年不一样，一个新来的领导不了解任雷诺，指着他让他发言。任雷诺把座谈会的资料往桌上一拍，唱起了反调。要是都像大家刚才说的那样，广播电视这么好，作协这么好，曲协这么好，音协也这么好……我们沿淮县的文艺事业岂不比北京还要红火？领导们应该好好看看我们县的电视新闻，除了政治上没问题，文法语句到处都是毛病。不会编写的人占着编制，能编写的进不去……

抓文化工作的副县长目瞪口呆。不光副县长，我听说全场所有人的脸都绿了。

这还只是小爆炸，更有威力的爆炸还在后面。

春节一过，又是每年例行的政协会，也是一年中政协最忙的时候。我是人大代表，但作为乡镇一把手，还得列席政协会。会开到第二天，送"两会"代表进会场的大巴车突然取消了，招待所院里多了则通告，请人大代表和政协委员步行去会场。我在人群里找马副主席，发现他一直黑着脸，像是出了什么事。

果然，说是政协有人打电话跟上级举报沿淮县浪费国家资源，"两会"代表驻地离会场仅一千多米，却包着几辆豪华大巴接送。

我没有问是谁，一听说实名举报，除了任雷诺，哪还有这么傻的人？

我给任雷诺打电话，他一接电话就笑。杨代表，没以前舒适了吧？总共才一千一百多米的路，你们还坐车，真是腐败啊。我不想跟他这种人讲道理，讲也讲不过他，就呛了他一下。一千一百多米，你量过？那边笑得更厉害了，没量过敢举报你们？我叫着任雷诺的名字，说你这样，还想晋副科不？你不是明显惹领导不高兴吗？任雷诺说，我就是想让他们不高兴。晋不了副科我就不活了？我这个股级干部滋润着哩。我就是要让你们有所顾忌，不能胡来。

任雷诺还真是用米尺量过后才跟省纪委打电话的。现场的围观者向我描述任雷诺当时的认真劲儿，说他就像是在做一项科学实验，真可谓一丝不苟。米尺是朱求是借给他的，我问朱求是，他有病你也有病啊？朱求是很无辜地辩解，他借个米尺我能不借给他？要知道他有这一招我肯定不借给他。我当时也很纳闷，问他要米尺量什么。他神神秘秘的，让我不要急，等着明天看好戏。

熊局长要是听说了这事，肯定会捂着嘴笑。可惜，他没能等到这一天，政协会第一天他就被市纪委带走了。打从他岳父死，我就知道他迟早会有这么一天。他也太贪了，岳父的丧事连各乡镇小学都没有放过，挨个让我通知。收到的礼金没地方放，一张席梦思床堆得满满的……

这一年，发生了很多大事。

先说国家的。汶川大地震，举全国之力救援。上级号召党员捐款，也不知从哪一级传下了具体数额，一般党员捐五百，科级干部捐一千。大家都很踊跃，电视上的那个惨状，让人不忍。也有个别心里不太乐意的，表面上却一样爽快，谁愿意被人指责没爱心？

任雷诺不仅心里不乐意，还积极表现了出来。这哪是捐款？这叫摊派！马副主席赶紧把他叫进办公室，让他别嚷嚷。任雷诺不买账，不让说？只有没道理的事才怕人家说。

任雷诺不捐，政协这项工作就无法完结。马副主席打电话给我，我觉得这事奇怪，这一点儿也不像平日里善恶分明的任雷诺的作为。人是我推荐过去的，钱又不多，我跟马副主席说，我替他捐，请老领导先替我垫上。

真相是朱求是告诉我的。汶川地震后的第三天中午，他们俩在一小饭馆吃饭，电视上正在直播地震救援的场面。任雷诺酒也喝不下去了，带着朱求是要去捐款。正好红十字会在街上设有捐款点，任雷诺把所有的兜都翻遍，翻出一千二百六十九块钱，全捐了出去。听口气，陪着的朱求是也没少捐。

我把情况跟马副主席汇报了，我怕政协的同事误解他。没想到，马副主席在政协的例会上讲了出来。任雷诺很生气，打电话把朱求是骂了一通。

接着是任雷诺的女儿考上大学。任雷诺还真有命，女儿被重点大学录取。

这些年，人有钱了，送礼的由头也多了。比如孩子考上大学，以前就没人随礼。真要随的话也无所谓，那个年代大学难上，随礼也随不了几个人。现在就不一样了，大学扩招，上大学太容易了。每年暑假，我随的上学礼都不止五十个。

接到任雷诺的电话，我推掉了其他应酬。到了江城大酒店，门口没多少车，不像有人办酒席待客的样子。我正疑惑，朱求是从里面出来了。别瞅了，没有其他人，就我们四个。

任雷诺只请了我们哥几个，不收礼。

那天晚上，我很少说话。不痛快，真的。任雷诺是想陷我于不义啊！他在政协这样做，让其他人怎么办？领导怎么办？任雷诺哪管别人，喝到酣处，依旧慷慨激昂。我也是一俗人，但我不想太俗。平时我们老是义愤填膺地说腐败，为什么不能先从自己做起？我一拍桌子站了起来，任雷诺，你还青春期啊？咱能不能说点人间的事？

气的是我们，任雷诺依旧若无其事。过后，我们仨商量，一人出两千块给他女儿买台笔记本电脑。

电脑是我送去的，任雷诺正好在他的储藏室画画。我没让燕小琴叫他，嘱咐她，任雷诺要问起电脑的由来，就说是女儿的母校送来的奖品。燕小琴拿出一个黑色封皮的笔记本让我看，嘟囔着，都什么年代了，女儿上大学了他还拿笔记本当礼物。说罢，又叹了口气，说她早习惯了任雷诺，他做什么事她都不觉意外。我翻开笔记本，扉页上赫然写着任雷诺写给女儿的赠言：对于我们无法改变的丑恶现实，做到不顺从不屈就；对于我们追求不到的殊荣与美好，保持崇尚与欣赏。

好长一段时间，我老在回想任雷诺的这句话。任雷诺做到了吗？我肯定是没做到。我承认我们早就被污染了，只有任雷诺还是大学时的样子，傻傻的，但我内心里还真有点敬重他。

最让任雷诺扬眉吐气的是，教育局搬迁了，为了保护黄叔度墓，建黄叔度公园。任雷诺教育我们，看，上面的领导还是办实事的，不像你们这些小鬼，一个一个只想着往上爬，只想着把自己的兜塞满……

话音未落，鲍书记却被省纪委"双规"了。很多传言得到了证实，小偷偷走九十七万的事是真的。正是这件事，让鲍书记身陷囹圄。纪委当晚就从他办公室搜出三十二张银行卡，现金一百四十万。县里几乎所有的正科级干部都给鲍东旭行过贿。

两个月后，官方宣布，鲍东旭有两千一百多万元来历不明，已经移交司法机关处理。

任雷诺的天，一下子塌了。任雷诺特别不理解的是纪检部门的政策，行贿者如若主动交代，行贿多少再罚多少，免予处分。钱能抵刑罚？法律不是说，行贿与受贿同罪吗？

任雷诺的父亲也病逝在那年的腊月。任雷诺说服任哥哥，没有开追悼会，拒收礼金，只在葬礼那天早晨搞了个小型的告别仪式。

市日报记者来采访，说上面正要树这方面的典型，移风易俗，丧事简办。任雷诺说，心里难过，不想说话。记者一气之下，走了。我批评他，人家是来宣传报道你的，平时咱请都请不来。任雷诺不领情，走了更好，我又不是为着让他采访才这样！

看到没，这就是任雷诺。按我们大学校长的话说，我早已经磨平了棱角，从别人叫我杨主任的时候我就已经没棱没角了。到杨乡长、杨书记时，已经不只是没棱没角了，是圆了，磨圆了。牛天也是。朱求是就更不用说了，他比谁都隐藏得深，属于那种神仙级的。唯有任雷诺，管他沧海桑田，还那样。

八

我年前就到政协了，拟任副主席，因为要等新一届政协委员会选举通过。

这次我是真没有送礼，市里创"三杯"，各县排名第一的乡镇，主持工作的党委书记直接升副处。我才四十露头就来政协养老，不少人肯定笑我没本事。

到政协我遇到的第一个问题是怎么称呼任雷诺。这本来不是个问题，单位里上级叫下级，都是在姓氏前面加一个"小"。"小"字亲切，但也有居高临下的傲慢。小任？肯定不行，撇开年龄不说，我们还有同学关系呢。最稳妥的叫法是后面带上职位，某书记、某主任或某局长。任股长？也不行，都四十好几的人了你还叫他股长就有点羞辱的味儿了。第一次听侯主席在外面叫他老任时，我也觉得别扭。听得多了，才觉得这个称呼实在是太机智了，既不失敬意又亲切，重要和不重要的人都可以这么叫。

任雷诺第一次在我面前发飙，是在新一届政协会议的准备会上。他提出疑问，为什么文学艺术界委员名单里没有一个真正的文学艺术界人士？大家都埋头装着看手上的名单，没人答话。我仗着是任雷诺的同学，加上刚来政协，想表现表现。老任，不是有文联的领导吗？任雷诺根本不给我面子，文联的领导只能算领导，他是会写啊还是会画？他有什么艺术特长？我只能扛到底，文联领导就是管理文学艺术界人士的，他当委员更有代表性。任雷诺紧追着这个问题不放，好，即便他有资格代表文学艺术界，这个名单上还有谁是搞文学艺术的？今年外面把咱政协说得很没脸，说当个政协委员都得请客送礼。你们难道看不出来吗，咱们这一届的政协常委不是官太太就是领导的儿媳妇，老百姓能是瞎子？……侯主席及时拦住他，老任，这个问题咱们会后再交流吧，当务之急是大会的准备工作。

下去后，侯主席让我找任雷诺沟通沟通，让他注意影响，争取今年把他的副科解决了。

任雷诺还是一肚子意见，我提的意见不也属于准备工作？这事跟他说不清，我开门见山，侯主席打算年内给你解决待遇问题。任雷诺问，这跟我提的意见冲突吗？对了，我问你，今年你们还给委员租大巴吗？我说，不租了。任雷诺很认真地说，你们要是还敢租大巴接送委员，我还会举报的。

换届结束那天，任雷诺请我去喝酒。我还以为他也随俗了，祝贺我正式升任副主席呢。任雷诺说，去我家，还是咱们四个。燕小琴回娘家了，家里就他自己。这可真是太难得了，他上一次请我们吃饭离现在应该有二十多年了吧？

我去得最早，牛天随后也到了。牛天从文化局调到广播电视局了，同样是局长，广电局显然比文化局更有实力。

任雷诺正在厨房笨拙地洗碗洗筷子，炉子上热气腾腾的，锅里炖着羊肉。

朱求是有事，说晚一会儿过来。任雷诺不悦，不管他，咱们开始。把炖羊肉的锅端过来，任雷诺说，咱先喝点羊肉汤，暖和暖和再喝酒。

我用勺子在锅里搅了两下，发现总共只有五块羊肉。牛天冲任雷诺先嚷起来，老任，你这也叫请客？我也跟着起哄，羊肉不少啊，一人一块还余出来一块。任雷诺对着锅上的热气深吸了一口气，做陶醉状。吃肉不如喝汤，喝汤不如闻香，你们没听说过？再说了，我请你们来，是喝酒，不是吃饭。能有羊肉汤喝，你们还不得对我感恩戴德？

好在羊肉汤里配有白菜和粉条，一碗下去也差不多饱了。任雷诺又端上来一盘花生米，一盘蒜苗炒鸡蛋。鸡蛋倒是舍得放，几乎看不到蒜苗。酒也不错，散装的，不知道任雷诺从哪儿弄来的粮食酒。

任雷诺给每人倒满一茶杯，挨个碰。2012年了，再不尽情吃尽情喝就没机会了。

我用筷子敲了敲盘子，老任，你这也叫尽情吃？赶明儿我们再请你吃饭也这样，只给你盛一块肉。

任雷诺一气喝下半杯酒，用手抹嘴。你们哪个请我吃过饭？过去那都是公家请的，可别把功劳记到你们头上了。

我被任雷诺噎住了。牛天狡猾，用手掩住嘴巴，改口说酒的事。太劲道了！进嗓子眼儿跟火烧一样。

外面进来一条狗，脏兮兮的。任雷诺把盛给朱求是的那碗羊肉汤放到地上，狗用鼻子嗅了嗅，没吃，又出去了。

等朱求是来后，任雷诺趁他不备又把喂狗的那碗汤端回到桌子上。朱求是也没吃，可能是那汤看着就可疑。

牛天没忍住，笑了。任雷诺问，笑什么？实话说，我把你们看成狗，那是抬举你们。就朋友而言，狗比你们好多了。狗老吃我们剩下的，我们就不能吃一次狗剩下的？看看现在这世道，到处都是让人捉摸不透的事，电视里一边不让迷信，一边却插播发送姓名到多少多少号预测姓名吉凶的广告；这边禁止赌博，那边却鼓动民众购买彩票；会上反腐倡廉，会下男盗女娼……你们这些官员，哪个不是表面一套背后一套？行了贿还能提拔，什么世道啊……

趁着酒意，任雷诺带我们看他第二次参加全国画展的那幅画——《恋爱中的小燕子》。这应该是他以前的作品，画布上的燕小琴裸体，侧着身子。我说，老任，这不是你最近画的。任雷诺没理我。我接着说，虽然我不懂画，但这幅画整个画面色调明快，可以看出，当时你对模特的感情……朱求是的手机突然响了，我只好停下来。任雷诺领着我们走出画室，对我的分析始终未置一词。

那是我们最后一次见到朱求是。第二天，他也被纪委带走，再没回来。官方发布的消息是，朱求是生活腐化，情妇多达十几个。小道消息说，纪委当天从他家里搜走现金四百一十万。

我早猜到这家伙要出事，一个小小的股长，官僚味比谁都重。有次我们乡请城管队吃饭，就他一个人去了。我问，怎么不把你们的副队长叫过来？他说，副队长算什么？副队长好比过去的宰相，有皇帝在，他就得站着。听听，他都把自己比成皇上了！我们们好像谁都没见过朱求是开过车，任雷诺曾经问过他，是不是驾驶技术不行，不敢开。朱求是不屑地说，开车是体力活，体力活是我干的？有专职司机，那是派头。当官的，该摆派头的时候就得摆出来。朱求是不瞒我们，每次吃饭都带着不同的女人。当然，这个我们不包括任雷诺。用朱求是的话说，好多事，得避着任雷诺，他跟疯狗一样，搞不好哪天就会咬别人一口。不过，这次咬他的可不是任雷诺，是他的一个部下，也是他的一个情妇。吃醋是一，情妇间利益分配不均才是要害。

我说朱求是个傻子，家里怎么能放那么多现金呢？任雷诺更傻，他甚至不相信朱求是会有这么多钱。我盯着任雷诺，你是真傻啊还是假傻啊？衙役也有大有小，知道不？你以为都像你一样没权没势啊。城管队队长的权力，那可是了得，全县大大小小的房地产商哪个都得听他的。四百一十万算什么？要我说，四千一百万他也有。牛天恍然大悟，怪不得上边几次让他下乡当副书记他不答应呢。我逗任雷诺，老任，你和朱求是老在一起吃饭，肯定从他那儿得到过不少好处。等着瞧吧，纪委马上就会找你。任雷诺当真了，说要说好处，我还真得过不少，和他一起吃饭我从来没付过钱。牛天笑，老实交代，除了吃喝，你还从他那儿拿过什么东西没。任雷诺说，真没拿过什么。有次我看他储藏室里堆满了酒，就顺了瓶五粮液藏在怀里，他发现了，硬是抢了下来。我替朱求是惋惜，还不如当初让你拿走几瓶，也少定他几天的罪。听说，从他家里搜出来的名烟名酒装满了一辆小货车。还有几千多块钱的购物券，大部分都过期了。牛天顺着我的话朝下说，也不亏他，购物券给老任多好，既扶了贫也为了人。任雷诺没听懂我们的话，还啧啧赞叹，多可惜，竟然过期了。

朱求是太贪了，手里这么多钱，为什么不把上上下下的关系打点好呢？还是官太小，眼界不开阔啊。这是我给他总结的失败教训。他跟任雷诺完全相反，一个是沿淮县最像股长的股长，一个是沿淮县最不像股长的股长。

马副主席的儿媳妇要入党，任雷诺强烈反对。发展新党员征求意见，基本都是走过场，与会的党员对申请入党者一二三四地大加赞扬，最后一致通过。但这次出了意外，制造意外的人还是任雷诺。

任雷诺本来一直没吭声，后来他跟我说，他也知道自己这张嘴好惹事，反复告诫自己不要乱放炮，要沉默。谁让侯主席多嘴呢，最后竟然问，大家都没意见？这其实也是会议的惯例，像一个语气词，没有什么实际意义，表示会议程序进行完毕，即将圆满结束。可任雷诺没让它圆满，他生怕别人听不到他的反对，还站了起来。

侯主席一时无措，呆了。这种情况，可能他一辈子都没遇到过。

任雷诺说，我来政协这么多年了，几乎就没见她上过班，这样的同志也能入党？要是这样的同志也能入党，我们的党岂不被人耻笑？

怎么跟马副主席解释？侯主席终于反应过来，与我交换了一下眼神问。马副主席已经升为政协常务副主席，因为会议主题是他儿媳妇，回避了。

任雷诺说，你们也别为难，就在会议记录上写上，是我，任雷诺，反对她入党。理由是，该同志长期请假不上班，我对她几乎不了解。

得罪了马副主席也就算了，侯主席他也没有放在眼里。

县里的庆七一乒乓球比赛，因为侯主席也参加了，我们每天都去加油助威。侯主席果然不负众望，一路过关斩将，杀进决赛。公平地说，这里面不免有怯于侯主席的领导身份让球的因素，但更多的还是侯主席的实力。闯进决赛的另一名选手也是我们政协的人，任雷诺。

决赛那天，县四大班子领导也到场了。比赛看起来很激烈，侯主席防守好，任雷诺的攻击有威力。不过，与任雷诺比起来，侯主席还是稍逊一筹，这在平时的练习中已经多次验证过。之所以说激烈，是表面上的。头天晚上我已经做好了任雷诺的工作，领导最看重的是面子，领导有面子了，咱们下面这些人的事就好办了。任雷诺说，不就是让球嘛，没必要兜那么远的圈子。知道就好，我就不用多费口舌。侯主席赢了这场比赛，我敢保证他任雷诺下一次一定能调整为副科。

我还交代他，让球不能太明显，太明显侯主席面子上不好看，观众也反感。

任雷诺赢第一局时我就暗暗祈祷，任雷诺啊任雷诺，你可千万不要在我手里出什么岔子啊！第二局，任雷诺又赢了。我坐卧不安，难道任雷诺这个二货临时变了卦？

从第三局开始，任雷诺连输三局。我终于舒了口气，暗笑，快五十岁的任雷诺到底沉不住气了。任雷诺的小聪明好解读，赢头两局是想向观众显示他的实力，同时也让侯主席知道，他的冠军是任雷诺让给他的。他任雷诺完全有夺冠的实力。

我笑得太早了。

第六局八比七，侯主席领先。侯主席急于求成，突然进攻。球没打中，裁判却判擦边。围观的人也跟着叫好，侯主席满脸胜利在握的喜色。任雷诺窝着气，一帮狗腿子，颠倒黑白。他有点分心，侯主席却在众人的叫好声中愈战愈勇，又拿了一分——十比七。

打到十比九，我感觉有点不对劲，不断地向任雷诺使眼色。开始我还抱着侥幸，就算侯主席拿不下这一分，任雷诺也有失误的概率啊。遗憾的是，任雷诺没有失误。那一局，十三比十一，任雷诺逆转。裁判激起了任雷诺的斗志。

决胜局十一比六，还是任雷诺赢。打完最后一个球，任雷诺并没有多激动，他恶狠狠地瞪了一眼裁判，又扫了一眼观众，球拍没拿就走了。可能，他也意识到这场比赛他只是赢到一座奖杯，输掉的，会更多。

我气得直咬牙，任雷诺，你那心是不是什么也没有啊，空的吧？

任雷诺得意地笑，空着怎么了？空着那叫心灵。哪像你们，装的都是心计。知道不，心计装多了就成心病了。我劝你们，还是给心腾点儿空好。

好，就让你那心一辈子都空着去吧，千万别学我们这些俗人，里面装满着功名利禄！

任雷诺嘴上还硬，在当官的面前跟个孙子似的，那过的也叫日子？

据说，从那以后，侯主席再也没有找过任雷诺练球。

不用说，任雷诺继续做他的股级干部，晋副科的希望几近为零。只是，他把我也害了，侯主席难免会怀疑我和任雷诺联手让他难堪。

九

半夜里我被电话铃声吵醒，侯主席来电。我打起精神，随口问，侯主席，考察还顺利吧？侯主席不接话，口气僵硬地让我打开电脑上网，百度"沿淮县政协"。联系不上马副主席，你转告他，就说我说的，要不惜一切代价删掉这个帖子。不容我多问，电话就挂了。

我迷迷糊糊地按侯主席的指示上网搜索，百度出现了几千条沿淮县政协的新闻。最多的一篇是《沿淮县政协常委大半是领导家属》。我吓了一跳，睡意全无。文章说，沿淮县政协常委中除十九位相关领导外，另外八位多为沿淮县的官太太或官二代。发这个帖子的人显然熟悉内情，哪个常委与某领导什么关系，后面都写得清清楚楚。公平地说，帖子内容基本属实。领导家属过半属作者语法问题，应该是相关领导之外的那些政协常委中的一大半。

第二天一上班，我跟马副主席一道去见宣传部部长。宣传部部长也已经知道情况，正让"网络办"联系各大论坛，删帖。部长还建议我们政协，赶紧做好准备，应付媒体的采访和上级纪检部门的调查。

政协领导个个人心惶惶。侯主席提前结束在美国的考察，两天后回到沿淮。

事情过去后，侯主席曾私下里跟我们几个副职交代，以后政协的事，尽量少让任雷诺知道。我没敢反对，心里却有点替任雷诺鸣不平。这事与任雷诺无关，我坚信他要真想举报，一是不会匿名，二是不会发到网上。匿名这样畏畏缩缩的事，不是他的风格。况且，本届政协开准备会时任雷诺就提出过这个问题，没人当回事，现在出事反而怪罪任雷诺。但我没有替任雷诺辩解，怕加深侯主席对我的误解，把我划归到任雷诺的阵营里。

有一段时间，任雷诺老在我跟前说他四十九岁半了。人对年龄的态度很有意思，小的时候吧，总想往大里报，九岁非要说成快十岁了，十六岁非要说成快十八岁了。大了吧，又想往小里报，三十八九吧，不说四十不到非说三十多岁。我以为任雷诺又发神经了，没有多想。

见我不解风情，任雷诺只好自己羞羞答答地掀开幕布。从众，我都快五十了，过了明年就没机会提拔了。沿淮县的规矩，股级干部到了五十岁就不再提拔。我反应过来，任雷诺的四十九岁半是在提醒我啊。这可是个难得的羞辱他的机会，不能放过。老任，你怎么也俗起来了？股级干部不也很滋润吗？任雷诺不好意思地说，滋润是滋润，我要是提了副科，工资能涨好多啊，退休以后那几十年我还指望它养家糊口呢。我哪能跟你们这些官比，养老婆孩子不靠工资。

我只是个副主席，当不了这么大的家。你不会趁打球的时候跟侯主席说一声？我早知道侯主席不找他打球了，故意刺激他。

侯主席可能生我的气了，见面都不愿理我。

不理你就对了。我眼睛瞟向一边，不看他。侯主席曾经想让任雷诺给他画张像，听说他的画在外面影响越来越大，他也想收藏一幅。任雷诺当即就拒绝了，我不画像的。我偷偷地拉拉侯主席，意思是等以后再说。任雷诺现在已经学会找理由拒绝别人了，这可是一大进步。过后我问任雷诺，你不画像，那燕小琴的像都是谁画的？任雷诺脖子一梗，我画人像，不画鬼的像。他算人吗？说完还不解恨，又说，这个世界上的丑恶已经够多的了，我为什么不去多画些美的东西？我瞪着他，任雷诺，你还真以为你没在人间啊？

他不理我我也不理他！想让我求他，没门！任雷诺比我的气还大。

政协就是门路大，晋副科的指标又分了三个。这次硬件够格的正好三个人，包括任雷诺。我得意扬扬地向他表功，怎么样，当年让你来政协来对了吧？你要是还在教育上，几个人争一个指标，能轮到你？

不想，侯主席定的人选没有任雷诺。班子会后，侯主席一再叮嘱与会人员，谁也不能透露给任雷诺任何信息。侯主席的眼睛还特意在我身上停留了一会儿，意思是尤其是我，更得注意。

我意识到不妙，要出事。侯主席推荐的另一个候选人，是某乡镇书记的老婆，刚从事业单位转过来，任股级年限还差半年。我没有提醒侯主席，也没有向任雷诺透露消息。我藏了奸心，任雷诺一闹，说不定我还能浑水摸鱼。

等到组织部来考核，任雷诺才知道没有他。他坐在台下，盯着我，那眼神，却像站在房顶上俯视我。要说任雷诺没变，也不现实，看看他现在这个样子，你怎么能相信他就是那个二十多年前曾经豪情万丈地要当沿淮县县长的男人？我莫名地生出愧意，好像是自己负了他。

那几天我一直躲着他。正好也给侯主席一个信号，我并不是任雷诺的铁哥们儿。直到侯主席来找我，我才知道任雷诺这一次真是豁出去了。

侯主席说，任雷诺威胁他，要我帮他劝劝任雷诺。

侯主席支支吾吾，没说明白，我也没敢多问，只好自己去找任雷诺。出门的时候，侯主席在我身后说，你告诉他，都是自己人，他的问题我一定解决。

　　我打任雷诺的电话，关机。找到他家，只有燕小琴在。燕小琴告诉我，今天你们政协来了四拨人找他，可老任一再叮嘱我，绝对不能透露他的行踪。他又惹事了？老是神神秘秘的。我安慰燕小琴，只管放心，是好事。

　　带我去找任雷诺的路上，燕小琴跟我唠叨说，任雷诺又神经了，坚决不让女儿报考公务员。我说，老任这样是对的，你看不到公务员过的是什么日子啊！燕小琴说，什么日子？像你们，工作轻闲，整天还花天酒地的，多自在。我说，你没看到我们作难的时候，跟孙子似的，在领导面前点头哈腰的。再说了，万一要是像老任怎么办？话刚一出口我就意识到有点伤人，赶紧补救。我是说，要是不像老任那样刚板硬正，晚上觉都睡不安稳。但还是晚了，燕小琴讪讪地说，有几个像他那样的？

　　任雷诺藏在燕小琴的哥哥家。一见面，任雷诺上来就问，是不是肩负着侯主席的重任？

　　我点点头。和任雷诺这样的人打交道，遮遮掩掩那一套没用。

　　我劝他，跟领导，别太过分了。

　　我过分？他是欺人太甚！任雷诺说，我也不说别的，我就举报他作风有问题。

除了乒乓球，侯主席还有一大爱好，玩女人。侯主席就跟报纸上的明星一样，绯闻不断。不一样的是，他的绯闻从没有正式报道过。这种事情，谁也没有真凭实据，大家只是私下里议论议论。不知道任雷诺从哪儿弄到的证据，说侯主席和统战部一个副部长多次幽会，两个人非公事同时飞过一次西安，来回机票显示的都是同一个航班，住宿票上也有同一个酒店的章，要想找到两个人入住酒店的影像资料也容易……

我转达了侯主席的意思，让他回去上班。作风问题早不是什么大问题了，你又没有抓现行，顶多让他背个处分。他也答应你的要求了，算了吧。

任雷诺最终屈服了，他答应不再上告。不幸的是，没几天侯主席就被市纪委带走调查。在政协两次换届中，一百多元钱的纪念品侯主席虚报成四百多元，仅这一项就贪污二十多万。任雷诺后悔自己的变节，他主动找到纪委，将自己掌握的材料和盘托出。这一下，侯主席彻底栽了。除了贪污之外，他又多了一项罪名，生活腐化堕落。

任雷诺并不避讳自己的举报人身份。他直言不讳地跟我说，就算是小衙役，他也不愿做对上级谄媚对老百姓瞪眼的小衙役。

沿淮县政协主席一职曾经空缺了很长一段时间。有人说，谁敢去？有任雷诺在那儿，谁去谁遭殃。这当然是戏言，想这个位置的人还是很多的，比如我。

副处到正处跨度太大，我没能跨过去，平调到市商务局，任常务副局长。虽然不尽如人意，但总比县政协副主席务实一些。

巧合的是，我上任那天，恰好是任雷诺的五十岁生日。

（原载《广西文学》2016年第7期）

斑马，斑马

斑马，斑马

一

在哪儿下车？他学她的样子，斜靠在车门上。

东莞。

我也是。他轻松起来。

这车禁止抽烟。她身体还斜着，但脸已转向车门的方向，故意不看他。

虽然是提醒，但听起来冷冰冰的。他有些尴尬，赶紧掐了烟。我，睡不着……

睡不着就抽烟？这反问，快，且逼人。他还没来得及应对，对方又来了一句，不抽烟会死啊？她扭头看了他一眼，多少冲淡了话语带来的敌对情绪。

他捕捉到她脸上的表情了，并没有厌恶。

去玩？虽然是疑问，但她的主动，再次证明了她并没有多少厌恶。

你呢？听你口音像是罗山人。他衣着举止确实不太像农民工。

打工呗。她还是不看他。

她没有回答她到底是不是罗山人。他猜，可能是自己的形象让对方不敢和自己多聊。他一米七多一点，体重却接近一百八十斤。胖人往往会给人老实忠厚的感觉，但配上黝黑粗糙的皮肤就不同了，比如他，陌生人总会误把他当成恶人，敬而远之。不过，也不用她回答，她的口音太罗山了。

她的眼睛始终盯着门外。窗外是一闪而过的灌木，再远处有些模糊的黑影，小山、村庄，或者小树林，看不清楚。他趁机肆无忌惮地端详她。女孩很好看，是那种丰腴型的。丰腴可不是胖，是成熟。这是他对女性最高的评价，能被他用上这个词的并不多。

女孩胳膊本来就白嫩，又滚圆滚圆的，还有裹在 T 恤里面的胸，紧绷绷的，火车稍一颠簸它们就颤个不停。女孩哪儿都像熟得恰到好处的桃子，饱满得汁液就要溢出来。

他喜欢成熟的女性——不仅是心理上的，还包括生理上的。罗山的姑娘，信阳的城墙。这是句老话，老得他都不知道后半句的意思。

火车停了？她转向他，她还没有把他当成恶人。他发现她的脸也很匀称。

停了？他看看窗外，又看看她，刚才注意力不太集中。窗外的灌木不动了，她的身体也不颤了，他才肯定地回答，嗯，停了。

外面黑漆漆的，不像是站点。车里更静了，静得他们都有点不好意思说话了。一路上，车里就没有安静过，满车都是孩子，趁着暑假去南方与父母会合。他躺在上铺上戴着耳机接连看了三部电影——他喜欢看电影，手机里总是备着几部，无聊的时候，或心情不好的时候，用以打发时间。

等孩子们都熬不住了，睡了，安静反倒让他敏感起来。他摘下耳机，下去恣意地伸了个懒腰。空荡荡的车厢过道，像是正等着他去填满。走到两节车厢的连接处，意外发现了她。她的背影很孤单，他才大胆地走过去——也可能是受了刚看过的电影的鼓励。

不远处传来粗重的鼾声，他记得那儿有个大胖子，鼾声应该是出自他吧。胖子鼾声大，老婆经常埋怨他鼾声跟过火车似的，吵得人睡不着觉。每次出门坐卧铺，他都不敢早睡，怕打扰别人。

回去看孩子？他又有勇气了，找话问。

我像是结过婚的女人？她再次转过头，像是想让他再仔细看看她。

对不起。他知道自己不擅长与人聊天。

没什么，是该结婚了。

还没等他回话，她就自顾讲了起来。她今年二十六岁，要是不出来打工早就结婚了。大专学的专业很虚，基本上算是没专业。现在在一家台资的鞋材厂工作，材料员，每个月三千多块钱，不高，也不算太低。这次回来看母亲，父亲打电话说母亲病了。

回来才知道，骗她的，父亲的意思是让她赶紧和他们中意的男人结婚。他们中意的那个男人很有钱，但她不喜欢，太花。她上高中时就听说他和村里的少妇搅得天昏地暗，那时候他也就二十出头。前年又哄了一个未成年的初中生，搞大了人家的肚子，据说赔了十万块钱才算息事宁人。

母亲却劝她，男人敢这样哪个不是有本事的？没本事的也没那个胆。做女人的，最好睁一只眼闭一只眼。

她做不到闭一只眼。在家只待了一天，就跑了。

讲完，她又喃喃自语似的补了一句，有钱怎么的？我不稀罕。不嫁他会死？最后一句，像是说给她父母的。

本来他还怀疑她是那种挣大钱的女孩，听她这么一说，他又觉得不像了。我叫小豆。

她笑了。看来，她还真没把那个有钱人放在心上。

小豆问她笑什么，她说，你这名字，有意思。

小豆这才意识到自己的自我介绍没头没尾，也开始跟着笑。

她补充说，不光这名字，我是说，你没必要跟我说你的名字。我不认识你，才跟你讲我的事。

小豆想解释，这其实是一种交换，你讲你的私生活，我告诉你我的名字。但他没有。这个时候，火车动了一下——他是看她身体颤了一下才知道的。扭头看窗外之前，她也没意识到火车重新启动了。

回到车厢里，他们在空荡荡的走道里挑了一对座位相对坐下。

火车越来越快。窗外的灌木丛随着火车前进的方向伏着身子，像夜里急行军的士兵。

我也想有钱，但我一想到他之前的那些闹心事，就受不了，哪怕他结婚之后再也不花了。她突然又回到刚才的话题上。

小豆有点儿跟不上她的跳跃。

不可能。她又说，更像自言自语。

过了一小会儿，小豆才明白她指的是他结婚之后再也不花了这事。

爱情的力量难以想象。讲出这句话，小豆自己都有点心虚。

她喊了一声，像是不屑。反正，不嫁他又死不了。

嗯，死不了。小豆巴结似的附和。

小豆有讲究？她突然没头没脑地问。

我妈生我时，家里正收黄豆。小豆在心里琢磨她，讲话比他跳跃还大，他怎么跟得上？

就你自己？她问。

我上边还有两个姐姐。小豆有些得意于自己的聪明，换了人，不一定能明白对方问的是什么。大姐叫小芹，二姐叫小苗。

她笑，身体又颤动起来。小豆赶紧制止，一车人都在睡觉呢。

她稳住自己的身体，压低声音，问，大姐出生时正是芹菜下来的季节？

不是。大姐出生那天，碰巧我爸从集上买回一把芹菜……

二姐跟什么苗有关？她有点急不可耐。

生二姐时，我妈是从蒜地里被送到医院的。一地的蒜苗都被踩倒了，我爸心疼得不得了。

大姐要是当年真嫁给了东阳，日子不比现在好？小豆突然走神了。怎么说东阳手里现在也有上千万吧，一个大沙场，一天二十四小时不停地朝外卖沙，千万都有点保守。

你在哪儿工作？她轻轻敲了敲他们面前的小桌，把他唤回来。你像是国家工作人员。

哪儿像？小豆问。

哪儿都像，她说。

群工部。小豆问，知道群工部不？

不知道。

群众工作部。

她还是茫然地摇了摇头。

信访局知道不？主要工作就是接受老百姓上访。

哦。

小豆没有读懂对方这个"哦"字的含义，惊讶、敬畏、赞叹，还是不屑？事实上，他只是借调人员，在群工部整理案卷。群工部没有信访局来得明白，但小豆还是喜欢说群工部——他宁愿费点口舌跟别人解释一番。群工部好歹是个副处级单位，归县委领导。

手机铃响，她看了看，摁了拒绝接听键。

小豆也下意识地掏出手机。两点多了？

咱睡吧？她说。

小豆盯着她，坏笑起来。

她也意识到自己话里隐含的暧昧，捂着嘴笑起来。

趁着气氛好，小豆问她要电话号码。对方说，你说你的，我打过去。

爬上上铺，小豆在未接电话栏里仔细检查了一遍，没有未接来电。女孩明显在拒绝他，连小丽小娟这样的假名字都懒得编一个给他。他只知道她是罗山女孩——也不一定，他甚至开始怀疑自己对她罗山口音的判断是否准确。不过，他对自己的表现还是相当满意的，这毕竟是他第一次主动与女孩搭讪。

铺太窄，小豆的腿脚不能自由舒展。他没有睡意，也可能跟火车碾压铁轨时发出的声音格外响有关。这个罗山女孩让他联想到自己的大姐。

小芹嫁人不到一个月，王畈便有传言——小豆那时候坚信是传言——大姐被姐夫家的人脱光了衣服，捆在院里的树上任人参观。

不信是不信，小豆挡不住自己的想象，他后来无数次地幻想过那个场景。他没有见过大姐的身体，但那个场景中的所有，小豆在送亲那天都见过。树是刺槐，并不粗。捆大姐的绳子应该就是当院里挂着的那几盘，最细的还是最粗的？长大后他不愿再想，但还是由不得自己。传说是因为大姐一直不愿跟大姐夫做那事……

小豆的猜测是，大姐心里只有东阳。用现在的道德标准看，大姐当年其实很坚贞，她在追求自己的幸福。

大姐跟东阳好，小豆还是从父母那里听到的。那个冬天，东阳和大姐他们晚上经常偎在厨屋的草堆里打牌，有时候三个人，有时候四个。后来就出事了，有人说大姐的肚子被东阳搞大了。

到底有没有搞大，小豆始终不知道。他没有问过，也不敢问。东阳家太穷，是整个王畈最穷的人家——没有之一，东阳的两个哥哥早过了结婚的年龄却还单着。为了阻止这桩爱情，父母让大姐远嫁到岗上——这有点类似于古代犯了错的官员被流放。王畈的地多属园子，种菜，活细碎，但清闲。姑娘们都不乐意嫁到岗上，岗上地多，又没有机器，夏收秋收能累死人。

二

确定来东莞之前，小豆计划的是去北方，北京或者青岛——首都和海都是他稀罕的。在豆瓣上看到胖子要在深圳演出，他马上就改了主意。虽然那场演出的票早已售罄，但小豆指望着到时候有人退票——哪怕从票贩子那儿搞一张高价票呢。

胖子是歌迷的昵称，他叫宋冬野，一个民谣歌手。当然，人家的胖跟小豆性质不同，人家白，看着就让人放心，让人欢喜。小豆喜欢民谣，民谣讲人的喜怒哀乐，像诗。一年前有朋友向他推荐《董小姐》，配乐简单，就一把吉他，和着它叙事体的歌词，随性轻盈，小豆一下子就喜欢上了这个胖子。

小豆跟二姐说，他想去看一场演唱会。小苗当然欢迎，小豆还从来没来过东莞。事实上，小豆不喜欢南方。他不清楚别人对南方的定义，反正在他小豆的心里，南方就像他们家厨房的草堆，是一个暧昧的场所。

火车晚点了两个多小时。还好，正好清晨六点多到站，接站的人不至于起得太早。小苗说，姐的意思是，早晨随便找个地方吃点东西，休息休息，中午她安排。小豆知道躲不开大姐小芹，小苗在这儿不也是靠着她？

富人轻情。他心里对大姐又多了一层厌恶，尽管他不想她来接他。

五年前小苗要来东莞投靠大姐，第一个反对的就是小豆。小苗要是去北京、天津、上海这样的城市小豆绝不会说什么，关键是去南方，去东莞，东莞有大姐小芹。小豆不知道家里其他人怎么想小芹，反正他觉得她是他的耻辱。

那时候小豆还是个中学教师，帮不上小苗——如今虽然到了群工部，照样帮不上她。二姐夫本来是个卡车司机，与人合伙买了辆后八轮，在东阳的沙场拉沙。夜里会车，沙车太重，速度一上来，刹车根本不顶用，推倒了路边的一间小房子。幸运的是，小房子里没住人。小苗和二姐夫都胆小，不敢再挣那要命钱。想来想去，还是出来打工稳当。

中国那么大，哪儿不能去，偏偏去东莞，去小芹的城市。小芹是小豆身上的伤疤，他不想谁再来揭他的伤疤。反对无效——小豆讲不出让小苗他们不去东莞的理由。

小豆生来就跟小苗亲。姐弟俩隔了三年，不像小芹，跟小豆整整隔了十年。小豆没有错过小苗生活中的每一件大事，相亲，结婚，生孩子，甚至小苗的初潮。小芹不一样，他那时太小，还不省事。等他大了，她又缺席了。小苗十七岁就结婚了，小豆隐约从父母那里听到，他们是怕她重走小芹的路。好在向北并不是花里胡哨的人，小豆和父母一样，对他们的婚姻寄予了很大的希望。

车子是去年新买的，本田飞度，小巧，精致，配二姐。实话说，小苗没有小芹好看。小芹高挑、丰满，是那种性感霸气的女人。小苗相貌寻常，但也不算难看，再加上身上总是散发着一种旺盛的乡野气息，另有一番风韵。

副驾驶空着，小苗跟小豆都坐在后排。这是常平，那是横沥，这是大朗，那是寮步……向北平时话就少，手里又掌握着方向盘，一路上二姐一直充当着导游的角色。

小豆看不出那些镇子之间的界限，房屋都连在一起，二姐怎么就能分得开？

一路上没见过多高的楼，车也普通。小苗像是看出了小豆的心思，说可别小看了这儿的人，那路边穿着大裤衩摇着扇子的说不定就有千万家产。向北也在一旁附和，东莞不像深圳，人都低调。

车子在一排小楼前停下来。向北说，他下去顺便跟他哥说个事。

小苗介绍说，向北的哥在这儿开车。这里的外资厂接送员工都租车，向北的哥买了两辆商务车，自己开一辆，儿子开一辆，同时租给一家生产三星手机零部件的韩国工厂。

小豆下去抽烟，意外碰到一个熟人。对方姓闵，叫闵利还是闵军强，小豆拿不准。闵同学说，他们村年轻人大多都在这儿开车，他老婆也过来了，在一个电子厂做工。两个儿子，大的上四年级，小的五岁，上幼儿园。小豆问他，儿子成绩怎么样？闵同学一副无所谓的样子，嘿，还能怎么样，混个初中毕业呗。到时候，给他买辆车，自己奔去吧。

向北的哥出来留他们吃饭。小苗说，下次吧，大姐还在城里等着见豆豆呢。

回到车上，小豆问向北，刚才那个跟我说话的叫什么啊？

闵强。你认识他？

小豆说是初中同学。他也是你们闵庄的？

向北嗯了一声，我们闵庄出来打工的人大多都集中在这儿。

大多？小豆问，有多少？

四五十人应该有吧？向北像是向小苗求证。

小豆奇怪，约好了一起到这儿来？

不是，小苗说。互相拉呗。谁先来了，发现这儿有生意，自己又做不完，就叫亲戚朋友。

你那个同学闵强的叔，就是这儿的头。向北说，他叔能，在这儿成立了一个车队。由车队出面签合同，厂家更放心。

什么车队，是公司好不好？小苗更正他。

对，公司。看，没文化多可怕。向北回头看了他们一眼，自嘲说。村里其他人看他们都朝这儿跑，也来凑热闹。

南方都是这样，家族式的。小苗说，这样好，声势大，没人敢欺侮。出门不就这样嘛，相互有个依靠。

向北说，我侄子前天去超市，跟当地人有了点不愉快。正好是下午，这边马上开过去十几辆车。当地人一看那阵势，谁还敢轻举妄动？

小豆心想，也不见得是好事。这些人自觉在南方站住了脚，在孩子面前就不太看重教育，影响了孩子学习的积极性。小豆前几天才看过一篇文章，说中国社会各阶层有固化的趋势。小豆在教育上待过两年，有感受。穷人的眼界有限，会影响下一代的发展，比如他的同学闵强。

车子钻进一个地下停车场，向北宣布，到了。二姐他们竟然住在酒店，这让小豆有些意外。小苗说，临时住。从屋里的那些摆设看，小苗没说实话。小豆没有较真，能长住酒店，说明二姐他们有这个实力。

斑马，斑马

小苗说，姐让我问你，你是想住酒店还是住她家？小豆当然想住酒店，又怕酒店贵，就问小苗，你这儿多少钱一晚？小苗误解，说费用你不用操心，咱姐出。小苗不知道小豆其实是不想住到小芹家，他怕被传染上什么病。对二姐，小豆可不是这样。小苗是自家人，他相信她。

小芹午饭时赶了过来。连个停车的地方都找不到，怎么选了这么个鬼地方？

小苗一边招呼老板上菜，一边解释，豆豆说石锅鱼好，他没吃过，想尝尝。

小芹没再说什么。昨晚打了一宿麻将，困死了。

小豆见她耷拉着眼皮，果然无精打采。搭话问，赢了？小芹毕竟是他的赞助商，他不能折了她的面子。

输了一万八，小芹伸了个懒腰。

好兆头，小苗讨好地说。

兴许是饿了，锅还没掀开盖，小豆就闻到了香气。

小芹用手扇了一下锅里溢出的蒸汽。打牌就是这样，输输赢赢。前天晚上，赢了三万多。

这也是小豆不喜欢大姐的地方。小芹有着大多数无知女人的做作与张扬——这几乎也是街上那种不干净女人的标签。每次看到她们，他总会想到大姐。

小苗舀了一块鱼给小豆，家里好像没有这种做法。

吃了一口，小豆称赞，不错，真不错。还是吃鱼好，不长肉。

石锅鱼属湘菜，鲜嫩，爽滑，口感好，在广东很流行。桌上嵌着一个石锅，锅里铺着黄豆芽、藕片、千张等。主菜当然是鱼，草鱼。草鱼切成片，入锅前先用油沥一道。

向北给小豆倒了一杯啤酒，小芹自己也倒了满满一杯，陪小豆。

二姐不喝？小豆知道小苗的酒量远胜自己。

别让你二姐喝，小芹说，她这两天身上来了。

豆豆，改天我再陪你。小苗问，谁的演唱会啊？

宋冬野的。

宋冬野？小芹停下筷子，没听说过啊。

一个很小众的民谣歌手。小豆心想，除了刘德华，你还知道谁啊？

在东莞？小苗问。

深圳。小豆说，恐怕看不到了，听说票已经卖完了。

在这儿，只要你有钱，就没有办不成的事。小芹说，放心吧，我保你坐个好位置。

豆豆，小苗又问，打算在这儿住多长？

小芹放下杯子，责怪小苗，看看，刚来就要赶人家走。

小豆讪讪的，住不长，单位还有一大摊子事哩。

小芹一挥手，甭管多长，豆豆没来过，先四处转转。我都计划好了，明天去珠海，后天去深圳，大后天去惠州……你自己有什么安排不？

没，小豆低着头。

我带豆豆去。小苗说，正好，这几天我不能上班。

什么公司待员工这么好，来例假了就不用上班？小豆没好意思问。

小豆到底没有心疼小芹的钱，住进了酒店。一夜输赢上万的人，哪儿在乎区区几百块的住店钱？

午觉睡到将近五点，离下午约定的晚餐还有一个半小时呢，小豆决定找家书店逛逛，从家里出来时他没带书。

按照网上搜出的地址，小豆到了一家文具书城。很近，离酒店也就几分钟的路。门面很大，招牌挂在二楼，很是耀眼。小豆信步走进去，里面琳琅满目的都是办公用品和儿童玩具。地板上一个大大的红色箭头，"图书在二楼"。

上到二楼，满眼又都是学生骑的自行车，哪里有什么图书？小豆不甘心，又朝里面走了几步。果然，角落处摆着两排书架，不过，全是中小学生的教辅资料。

小豆很失望，出来的时候特意看了看那个招牌，还是文具书城。怎么敢叫书城呢？文具城还差不多。

小豆的形象虽然与文艺青年不沾边，可他确实爱读书，爱看电影，偶尔，还写诗。小豆不喜欢打牌，又不能喝酒，业余时间大多都耗在了读书上。

"文艺青年"这个词如今已经失去了过去的褒奖色彩，甚至新添了被鄙视、不屑或者唾弃的成分。但小豆是受益者，因为有在市里的日报、晚报上发表的那几首小诗，借调的时候领导说话就有底气了，说小豆是县里新发现的人才，顺理成章地进群工部整理材料。

三

从深圳回来的路上，向北问，这里好不好？

好。小豆以为他问的是深圳，深圳的绿化让他赞叹。公路两边的树，郁郁葱葱的，比内地的城市好多了。车在公路上飞驰，像是置身野外。

东莞就不好？小苗问。

小豆想了想，没想出东莞有什么不好的。

向北又问，东莞跟深圳比呢？

深圳绿化好，小豆脱口而出。不过，这两个城市根本就没什么分界，到处都是房子，到处都是车流，更像是一个城市。

小苗突兀地问，豆豆，你来是不是有事？小芹来这儿近二十年，头几年没站住脚，小豆不来还情有可原。这十多年，小芹在东莞有房有车了，接待过一拨又一拨老家来的客人，唯独没接待过小豆。当然，小豆也总是有借口，上学，找工作，孩子小，工作忙……这次竟然不请自来，小苗自然会纳闷。

小豆装着看车外的风景，非得有事才来？老在家里憋得慌，出来散散心。

晚上吃饭的时候，小芹也漫不经心地问，豆豆，你这次来，就是为看那什么野的演唱会？

小豆看看小苗，小苗也正看他。那表情，像是在说，不只我自己纳闷吧。

小豆心乱了。瞒不过小芹的，小芹跟他们部长那么熟，怕是他没来之前她就知道了。

我出了点事。小豆看起来也像是漫不经心，眼睛落到面前的碟子里，不看他们。我在网上发了篇帖子，惹了点麻烦，领导让我出来避两天。

避两天是小豆反复斟酌之后的用语。事实是，领导通知他，暂停他的工作，等待处理。

小芹意识到麻烦不小，问，什么帖子？

要说，其实也算不上什么麻烦。小豆重新抬起头，那老头怪可怜的，我只是给他指了条路……

什么路啊，还给你指出了麻烦？坐在小豆旁边的小苗也急了。

那天正好小豆值班，接访的领导是县政协段主席。快十一点了，老王掀开门帘进了大厅。小豆有些意外，像老王这样的老上访户，一般都是县长、书记接访日才来。小豆招呼老王，让他坐下，坐那儿歇会儿。老王说，这次我的事你胖子可管不了，我要见葛书记！小豆觍着脸，见葛书记到他办公室，你到信访局来怎么见啊？老王说，门卫不让进。

像老王这样的老上访户，部里的同事能躲都躲着，尽量不跟他们搭话，谁搭话都是自找麻烦。比如这老王，先是没完没了地诉说，然后又哼哼地哭起来，要自己的儿子。都说他神经病，人都在地里沤没了，去哪儿给他弄回来？

小豆还记得第一次见到老王的情景，他一上来就说，村干部害死了他儿子。小豆给他倒了一杯水，让他慢慢说。可能是渴了，老王接过水就喝。小豆拦住他，烫，您等会儿。老王放下水杯夸小豆，我没看错，胖子心善——从那以后老王就叫小豆胖子，他记不住小豆的名字。那时候宋冬野还没出名，不过，人家说他胖子心善，他自然心里畅快。

老王接着说，上边领导到他们村检查，支书让老王的儿子去陪客，回去就死了。老王怀疑是有人害他儿子，他儿子酒量大着哩，一斤半也喝不倒他。

小豆心想，没人会去害他，肯定是喝过量了。不过，这上边的领导也太胆大了，风声这么紧还敢大吃大喝不说，还喝死了人，这还了得。

小豆躲到外面跟孙部长反映，孙部长让小豆别理他，神经病！他儿子本来就有病，喝点酒死了，政府主持着赔了二十万，还给他们全家都办了低保，他还要儿子，你说是不是神经病？

小豆没觉得老王哪里神经病，人死了是要不回来了，但谁知道老年丧子的痛苦？老王的儿子是死了，把他儿子害死的人没责任？小豆对老王充满了同情。

小豆挪了挪段主席前面的桌牌，说啥事都找葛书记，他忙得过来？在这儿接访的哪个领导都能解决你的问题，只要你的诉求合理。

　　　　　　　　　　斑马，斑马

段主席看他脸上乌青着，指了指桌子前面的椅子，也让他坐。老王说，我告我们乡的贺书记，他指使门卫打人。这可是个新情况，老王竟然不是来要儿子的。小豆递了一份《诉求单》过去，让他填。从今年开始，老百姓来反映情况，必须先填写《诉求单》，下一级管不了再朝上一级反映。

段主席说不用，伸手截了过去，放进下面的抽屉里。贺书记升任政协副主席的任命还没过公示期，这份《诉求单》很有可能让他的副处级待遇泡汤。现在各级政府都把维稳工作放在第一位，哪个单位的上访、集体上访多了，单位的工作就会被全盘否定。

老王啰啰唆唆，兜了好大一圈才讲清情况。他上午去乡政府反映问题，门卫说他不务正业，一个老农民，不好好种地，老是到处告状。接着就打了他一顿。小豆想笑，是吧，连门卫都说你不务正业吧？不过，老王说门卫不由分说就上去打他，小豆不相信——来这儿的访民一般都会略去对自己不利的情节。老王肯定是回击对方了，你一个门卫，凭什么说我不务正业？一来一往，可能就厮打起来。老王六七十岁了，当然占不了上风。

为什么告书记？老王说，要不是书记指使，他敢打人？这话听起来也偏颇，但其实有内情。据说老王儿子喝死那次，就是贺书记到他们村里摆的宴席。那事捂得紧，老王也只是听别人隐约提到。段主席不知原委，笑话，一个党委书记怎么可能指使门卫打你一个老人？

小豆同情老王，又不能表现得太明显，就在一旁引导他。老王，门卫打你你告门卫啊，与人家贺书记有什么相关。你找贺书记，让他批评批评门卫就好了。

老王委屈地说，找了。我让贺书记看我脸上的伤，贺书记说，我近视，看不见。

小豆无语了。老王似乎看到了自己的理，越说越激动。看不见不成瞎子了吗？瞎子还能当书记？我看这样的官得马上免了。

段主席劝他，老王，咱都这个岁数的人了，得豁达一点，别老揪着一件小事不放。这话老王更不爱听，你这当官的坐着说话不腰疼，我这是小事？把我打成这样是小事？

小豆起身给段主席的茶杯续水，也顺便给老王倒了一杯，发现他脸上确实有一片瘀青，耳窝里还有一道干了的血迹。

后来，段主席的手机响，他借机到隔壁的办公区了。小豆大声劝老王，回去吧回去吧，段主席会批评贺书记的。一边又小声说，你去法医门诊那儿先取个证据，把伤验一下，拍个照。

快下班时，老王又来了。接访大厅里还有一个同事，帮忙朝外推老王。领导下班了，你有什么事下午再过来。老王站着不走，小豆劝他，我们也得吃饭啊，下午再过来吧。老王还是不走，你们当然能吃能喝了，我早气饱了，还用吃？

小豆要锁门，同事从后面抱住老王朝外走。老王突然哭了，就知道你们官官相护，不是明显地欺侮人吗？孩子喝死了赔点钱就算了，政府随随便便地打人也算了，啥事都这样算了，还有王法不？为啥电视上的官都恁好呢，有一个不好的，最后还都被警察抓走了。

同事松开手，吵他，你激动什么，又没谁打你骂你！

小豆让同事先回去。老王这一番数落，让小豆很是心酸，为老王，也为自己的无能为力。他塞给老王二十块钱，让他中午先去吃碗面条。得吃饭，吃饱了告状才有劲。吃过饭你直接去罗马春天找上面下来的纪检组方组长，葛书记就在那儿陪他。要是有人不让你进，你就说你是方组长的老表，来看看他。末了，小豆还反复交代，可别说我让你去找的。

老王刚走，小豆就后悔了。

老王果然经不住盘问，出卖了小豆。听说葛书记当即打电话让贺书记赶到县城，处理老王的事。贺书记八面玲珑，能量巨大，别说在县城，就是在市里，他也有摆平任何事情的能力。老王哪儿经得住他的威胁利诱，很快举手缴械，再不提挨打的事。

遭殃的是小豆。你到底安的什么心？领导受批评你还能有好日子过？孙部长劈头盖脸地骂了他一通。

贺书记顺利升迁，县政协副主席。贺主席其实并没有慢怠小豆，称兄道弟地请他吃饭不说，还偷偷送了一块天王牌手表给他——小豆应宣传部的约请，专门为贺书记写过一篇人物通讯，发表在市里的日报上。

没过几天，老王又来了，直接找小豆，说胖子心善，是个好干部。小豆没应他的话，冷冰冰地问他有什么事。老王自己找了个凳子坐下来，说还能啥事，到你信访局还不是告状？

小豆没好气地说，不是都解决了吗？你儿子喝死了，赔偿你不是同意吗……老王说，我没同意。小豆问，那上面可是有你的手指印。老王说，我没按，是孙子替我按的。小豆问，这次告谁？老王昂着头，还告贺书记！好端端一个孩子，就换来一堆纸？我要我儿子。

小豆心想，你这个要求，我还真满足不了你。人死了，怎么能复活？他看看老王的左耳，又看看他的右耳——小豆忘了当初他到底是哪个耳朵流过血了。老王，你耳朵没什么吧？老王奇怪，胖子，你咋知道我耳朵有毛病？这段时间我老是耳鸣，老了？

小豆安慰他，跟机器一样，时间长了，多多少少都会有些小问题。不碍事，没大毛病就行。

小豆见不得贺主席在大会上一本正经的面孔。那个反差，刺激得他神经跳痛。最让他不安的是，自己还给他写过吹捧的文章。晚上跟文友小聚，说到诗人，有文友说，严格说来，只会写诗还不够，有诗歌情怀，有诗性，才配得上诗人这个称号。小豆知道文友并不是指他，但心里愈加惭愧，脑子里的画面老是在老王流血的耳朵和口口声声说自己廉政爱民的贺主席之间闪回。

明哲保身，不是一个诗人的风格。他觉得自己愧对老王

　　　　　　　　　　　　　　　斑马，斑马

胖子心善的结论。

煎熬几天之后，小豆偷偷写了一篇小文章，《这边酒桌喝死村民，那边仕途不误升迁》。这样的文章在本市发不了，日报和晚报都应该在贺主席的势力范围之内。网站上也只出现了一天，第二天就不见了。孙部长开始还替小豆说话，说他刚刚骂过小豆，小豆不可能再发这样的帖子。列席完常委会出来，孙部长就把小豆叫了过去。小豆没有否认——这是他之后一直引以为骄傲的事，自己终于挺直了一回腰杆。

买完单，小芹拍了拍小豆的肩膀，让小苗带他去酒店十二层玩。

整个十二层就像一个巨大的会议室，里面横七竖八地到处都是小房间。不断有人跟小苗打招呼，叫她苗姐。小豆他们的房间不大，里面有点歌台、酒柜。小豆觉得这应该就是传说中的夜总会。他没敢问，尽量装出一副见过世面的样子。

很快，从外面进来一群艳丽的年轻女孩，小苗让小豆挑一个。那情形，就像在菜市场买菜。小豆扫了一眼那些女孩，不好意思挑。小苗指了指中间那个个子高一些的女孩，丽丽是我们的人，就挑她吧。丽丽温顺地坐到小豆身边，手揽住他的胳膊。小苗说，这是我老家来的领导，你可得温柔点。

丽丽劝小豆喝酒，自己先干了。小苗也劝，是洋酒，又不是白酒。小豆第一次和不是自己老婆的女孩子这么近，手脚无措，只好也干了一杯。

小豆是到群工部之后才戒的白酒。报到第一天，部里设宴欢迎他。一个副部长喝高了，站在阴暗的街道旁对着路过的女人叫喊，别走，我日你！小豆当时惊得目瞪口呆，副部长平时那么绅士，没想到喝了酒这么粗鲁。也是巧，碰到两个小混混，一顿揍，打得副部长几天都上不了班。小豆当时就站在一旁，既为他羞愧又倍感无助。从那以后，他再也不敢碰白酒，尽管他相信自己喝得再醉也讲不出那种低级粗鲁的话。

　　"迷路的鸽子啊……伪善的人来了又走只顾吃穿……"小豆自觉唱得并不好，但丽丽高兴，不像是装的，小豆不禁得意起来。丽丽趁机嚷，唱得好的干一杯！小豆只好又陪她喝了一杯。

　　洋酒虽不是白色，但酒劲并不比白酒小。小豆不知道自己什么时候回的房间，早晨醒来的时候，发现旁边躺着一个年轻的女孩。丽丽没有穿衣服，紧贴着他……

　　起床的时候，他发现地上有两个用过的避孕套。怕小苗他们发现，赶紧去拿钱包，想早点打发走这个丽丽。丽丽没要，苗姐已经付过了。人家也不避小豆，光着身子走进了卫生间。

四

　　小苗到的时候小豆刚刚洗漱好，今天的行程是广州。看着床上的乱象，小苗坏笑着问，怎么样，丽丽不错吧？

小豆的脸变得又红又热。他没想到二姐这么直接，还以为她也会装着一切都没发生呢。

小豆缺少与异性相处的经验，尽管他上面还有两个姐姐。这一点可以追溯到他的童年、他的家庭。王畈那个地方，偏远，落后，孩子们最常玩的游戏就是过家家。过家家不需要什么道具，也不分场地，有人就行。男孩子扮爸爸，女孩子扮妈妈，小一点的扮爸爸妈妈的孩子。每个孩子都希望自己能扮爸爸妈妈，但得等到他们十岁左右才有机会。

游戏中，他们极力模仿自己的爸爸妈妈，模仿他们叫孩子回来吃饭时不耐烦的表情，模仿他们吵孩子的用语，甚至模仿他们一起睡觉的姿态……小苗自然也扮过妈妈，但父母禁止他们玩这个游戏。

小豆后来才听说，大姐小芹曾经被看到在这样的游戏中让一个男孩子趴在她身上。小苗也因为突破禁令挨过一顿打，小豆记得很清楚。他当时只有五六岁，跪在旁边陪着，以示警告。

不玩过家家的少年时代还能有什么呢？小豆渐渐养成了独处的习惯，他能双手拿着两块形状像老虎或狮子的石头，让它们互斗一整天；或者趴在院里的地上，一上午一下午地和蚂蚁玩；或者干脆啥也不干，只是看着天上的白云……

上初二那年，小豆偶然看到了母亲裸露的下体。那黑乎乎的一片，不断抵消着他对女性美好的向往。就在这样的纠结中，小豆长大了。跟所有的男孩一样，小豆也有过有劲无处使的青春，把一块小石子从王畈踢到镇上，与男生嘻哈打闹，去一千多公里外的城市见自己崇拜的诗人……但小豆没有可资回忆的爱情。一度，他怀疑自己的性取向有问题。要不是老婆主动追求，还真难说他会不会有家庭。

夜总会是大姐的？小豆岔开二姐的话。他隐约听人说过，小芹在东莞有一家夜总会，一个男人给她的。夜总会是一个复杂暧昧的地方。经过了昨天，小豆体会更深。

过去是，小苗点头。大姐夫那人其实挺好的。

小豆刚刚从烟盒里取了一根烟，听到小苗的话，犹豫了一下，没点着。他盯着烟盒发愣，不想碰到小苗的眼睛。

大姐夫那人其实挺好的。怕小豆没听到，小苗重复了一遍。

小豆的犹豫是被小苗的那声大姐夫刺激了。小苗还真张得开口。

小芹在这儿并不是做鸡——二奶总比鸡好听一些。但她挣的钱太多，王畈人一致说她是在南方做鸡。有一次小芹寄回去一条毛毯，父母不知道里面包着什么东西，当着左邻右舍的面一层一层地打开了。现场的人全都大吃一惊，最里面是一捆一捆的百元大钞！这事小豆也是听人传的，他没有问过小苗或者父母——与大姐相关的事他都不敢问，他怕是真的。

王畈人由此开始传说小芹在南方挣大钱。挣大钱应该是个新词，王畈这个地方的专有名词。也挺形象的，睡一次一百块钱吧，一天睡十次——一天那么长，睡二十、三十次也够啊……这一算，还真是挣大钱。

那两年，小豆感受到了家里的变化，起了王畈的第一栋两层小楼不说，还第一个装上了空调……小豆自己也是，想要什么都能有——他就是那时候开始胖起来的。最耀眼的是小芹开回去的车，频繁地换。先是大众，后来又换成丰田、别克商务，上一次回去又变成了宝马。

他还是不相信大姐是挣大钱的。为了东阳，大姐宁死都不愿跟其他的男人睡觉，她会随便跟一个陌生人上床？但那个毛毯裹钱的传言那么普及，那么本土化，不由得他不信。他开始防着大姐。

那时候，内地人对性病之类的了解还不多，还处在谈虎色变的阶段。大姐去小豆城里的家，小豆总是给她换上新毛巾，甚至连吃饭的碗筷都给她单独准备一套。大姐感觉受了尊重，加倍地对他好。她哪里知道，她走后那些东西都被当成垃圾扔了。

小豆享受大姐的资助，但厌烦她的造访。他相信别人也会像他一样，把她那种无知的张扬当作肮脏女人特有的标签。再后来，小豆干脆劝她住宾馆，借口是宾馆清净，免得小孩子的打扰。

小豆这边正因为小芹抬不起头呢，王畈的风气却悄悄发生了变化。女孩子好像真的成了千金，她们的父母突然间扬眉吐气起来，穿戴洋气了，房子翻修了，出手也大方了。初中没毕业她们就开始冲向花花绿绿的城市，开始冲向灯红酒绿的南方。年龄小？不怕，再等两年，她们就像银行发到家里的存单，再存几年也不要紧，反正有利息。

小豆就亲耳听到婶子唠叨她那个学习冒尖的小女儿，家里不怕你吃，吃得多长得就快。快点长，长成了出去挣……钱。婶子到底不舍得糟践自己的女儿，把那个"大"字生生给憋了回去。

那个学有啥上头哟，识几个字分得清男女厕所就妥了。考上大学还不是找不到工作，还不是要出去打工？女孩子家，不同于男孩子，脸上一大把褶子了谁还要你？婶子指的是王畈的那个大学生，他确实不争气，没找到工作不说，回来还丢人现眼，非要学人家打煤球卖。到底是大学生，打的煤球还真比先前那一家好用。有人就当面调侃那个大学生，是不是大学的专业就是打煤球啊？

就像不相信大姐的那些传说一样，小豆也不相信村里的女孩子争着去南方都是为了挣大钱，直到其中一个上了报纸。那女孩被先奸后杀，抛尸荒野。杀人犯抓住了小姐们不敢声张的心理，接连作了三起类似的案子——装嫖客带小姐出台，逼她们说出银行卡的密码，杀人分尸。再回王畈，小豆更是羞愧，小芹像是一个领头人，把王畈的风气领坏了。

小芹去南方，是在岗上被她男人扒光衣服示众之后。她是跑走的，岗上的那个姐夫还来小豆他们家要过人。听说小芹先是在工地上给工人做饭——那时候深圳还像一个大工地，到处都在建设。第二年，小芹就遇到了小苗口中的大姐夫。

关于大姐夫，传言也很多。有人说他是一个握着实权的局长，有人说他是黑道人物，也有人说他只是一个小混混……小豆没见过，连照片都没见过。也可能家里其他人见过，但小豆没见过，也不想见。

小芹每次回王畈，都是躲在里房呜哩哇啦地给他打电话——不躲小豆他们也听不懂，人家说的是广东话。但小芹说话声音那么软，谁都听出来肯定是好听的话，是情话。她跟家里人说，他们结婚了。但每年过年回王畈，小芹都是一个人，她说他不习惯北方的冷。

小豆心里冷笑，怕冷？再冷，结了婚的女婿也得见丈母娘啊。他甚至怀疑这个大姐夫根本就是子虚乌有。后来，小芹生了个女儿，不久又生了个儿子，这个大姐夫还是没出现过，连电话都没给他们打过一次。小芹嘴再紧，小豆他们也猜得出端倪，即使大姐夫真有其人，他肯定还有一个家。大姐其实就是传说中的二奶。

接到小芹，已经九点半。

好消息，小芹一见面就预告说。昨晚我跟你们孙部长联系了，没事，你回去承认承认错误就行了。

小豆并没有多高兴，这是他早已预料到的。首先，肯定不会给他处分，毕竟小豆没违反哪条纪律。所谓承认错误，还不是写个检查？

豆豆，你也不小了，不能还装愣头青啊。小芹提醒他。

这话有点像孙部长的语气，小豆没敢问是不是他说的话，头点着答应，知道知道，以后注意。

孙部长说了，虽然没造成什么恶劣影响，但你的这种做法让领导很不满意。你在信访局又不是一年两年了，维稳是各级政府的大事，你应该清楚。以后，不经过领导同意，绝不能随便在网上发与政府有关的帖子……

嗯，我知道。小豆还是点头。在大姐面前，小豆态度还是很端正的。毕竟，吃了人家的嘴软。父母给了他肉身，大姐给他创造了更多的机会。除了供他上大学，毕业当年就花十万块钱帮他在县城买了一幢房子。那时候，房子价钱还没涨起来，小县城的房子便宜得就像现在的大白菜。后来，又给小豆换了现在的工作。虽说这样一来也给小芹她们长了面子，但面子算什么，真正实惠的还是他小豆。出门在外，人家问他在哪儿工作啊，县委！回答起来多有气势啊。说县委并不为过，群工部还不是县委下面的一个部门？小豆问她是怎么弄成的，小芹不让他管，你做好你的工作，其他事我们来做。

又为小豆摆平一件大事，小芹情绪自然高涨。小豆趁机问，大姐，你怎么认识我们孙部长的？

他来东莞还不得找我？你问问你二姐我们怎么招待的他，好吃的、好喝的、好玩的都尽着他……

人家不认识你就来找你？

朋友介绍啊。小芹索性从头讲起，上次回去参加同学会，有个同学叫了你们群工部一个副部长去作陪……

同学会？小豆打断她。小芹初一都没上完，那帮人怎么还记得她？

初中同学会。小芹听出了小豆的怀疑，他们也不知道从哪儿找到了我的电话，说我是我们班的成功人士，非让我参加。吃饭的时候，那个副部长就坐我旁边，我顺口问他调个人方便不，他说他自己弄不成，不过，他知道怎么能弄成……

你送了多少礼？

姐一分钱都没送，不信吧？问你二姐，她清楚。有人喜欢钱，有人……

姐，小苗扭头问，前面两条路拐左拐右啊？

喊，看不到路标啊？大姐被打断，有点不耐烦。

广州跟东莞、深圳差不多——在小豆眼里，所有的大城市都一样，高楼像是从地里长出来，车像流水一辆接一辆，人像赶庙会一样摩肩接踵……对他这样一个不买不卖的人来说，城市和小县城一样。但小豆还是要去广州，去看走钢丝。

小豆也是偶然从报纸上看到了一条广州今天将有一场史上最高难度的走钢丝表演的新闻的。挑战者从116米的广州塔第23层出发，沿着直径只有32毫米的钢丝，凌空横跨珠江江面，最终到达对岸的海心沙。虽然是一场秀，但"全长506米""表演者不系任何保险带"的字眼还是吸引了他。

天太热，原定下午两点半开始的表演推迟到五点。赶不回东莞了，小豆他们就在广州塔附近找了家酒店住下来。广州塔紧临珠江，中间细细的，又被当地人叫作小蛮腰。小豆也喜欢这叫法，亲切，形象。他没有午睡，想找家书店逛逛，买本书——如果能买到《寻路中国》更好。刚刚读完《江城》，一个外国记者眼中的中国社会，这种视角对中国人认识自己的文化有着另一种意义。《寻路中国》是彼得·海斯勒的另一本书，应该也不错。

在网上搜到附近的两家书店，小豆没有叫向北，自己打车过去。

书店在二楼，大概有两百平方米。迎面是新书推荐和上月广州书市排行榜，一个大平台上铺满了书。小豆放下心，这个书店名副其实，不像东莞的那个文具书城。不过，仔细一看，都是《厚黑学》《如何成为亿万富翁》《我不是教你诈》《三招搞定你的上司》《心灵鸡汤之十一卷》之类的。在一排排的励志书和心灵鸡汤之间穿行，小豆自己都绝望，社会的希望在哪里？他也知道自己只是个小职员，不应该这样杞人忧天……平时他都是在网上下单买书，简便直接，折扣还大。实体书店至今还板着面孔，不打折扣，不搞活动。

书店没有诗歌方面的书，他在一大堆"中学生经典必读"中发现了陈丹青的《多余的素材》，没有封塑，封面早被翻烂了。付账的时候，收银员还好意地提醒他，这本书不打折的。

刚打开出租车的车门，小豆就听到众人的惊叹声。头顶上，表演已经开始。那人——小豆后来才知道，那人叫阿迪力——手里端着一根长长的平衡杆，正盘腿坐在钢丝上。小豆的心也像阿迪力一样，悬到半空中。过了一会儿，众人又是一阵惊叫，阿迪力双腿倒挂在钢丝上。他走走停停，看起来小心翼翼，并没有足够的把握。倒退，蒙眼前进，金鸡独立，双人换位……随着他一个又一个的惊险动作，小豆的心也忽上忽下。

表演结束，小豆紧张得出了一身汗。

晚饭就在珠江边上吃。

夜幕低垂，华灯初上，江水下像是复印了一个城市。

真漂亮，小苗赞叹。

小芹说，咱等会儿坐船，夜游珠江。

有什么好游的？人造的华丽，没劲。小豆故意和她们唱反调，江南的城市都这样，光怪陆离，典型的土豪做派。浪费不说，还造成光污染。还有一句话小豆憋下去了，没敢说出来，就像大姐家的装饰风格，华而不实，更像是给外人看的。真正过日子的人谁会那样？

嘿，你们说，走钢丝算不算运动？向北突然问。

怕不是吧，小芹眼睛转向小豆，没听说哪个运动会有走钢丝的。

小豆没吱声。

向北说，不见得运动会里没有的就不是运动。以前乒乓球还不是奥运会里的项目呢。

小苗说，走钢丝应该算杂技。

杂技不算运动？向北问。

管它是运动还是杂技呢，小芹一挥手，这哪是咱操的心？

反正，多活动活动总有好处。

也不一定，小豆放下啤酒杯。兔子可是天天蹦，不过十年光景。老鳖天天趴那儿不动，能活上百年。

小芹低下头，不知道是年纪大了更宽容了，还是早习惯了小豆的无常。小苗好像不甘心大姐就这样被小豆噎了一下，拿眼睛狠狠地剜了他一下。

小豆其实马上就意识到自己的那个比喻不妥当了，赶紧找话题补回来。走钢丝真不错，刺激。

刺激就好？小苗不买账，找到机会也故意刺激小豆。

没文化，说你们也不懂。小豆夸张地叹了口气，想用调侃来掩饰自己刚才的失态。走钢丝是一种让人心无旁骛的事。

对，走钢丝有意思。向北支持小豆。

要是可能，我愿意拿我的生活跟那个走钢丝的换。小豆似乎想把这个话题当成救命稻草。

知足吧你，走钢丝那是卖艺，拿命去讨生活。小苗明显想讨好大姐小芹，你呢，跟个公子哥似的，房子不用操心，工作有人管，你就是太轻闲了……

正因为房子不用操心工作不用管，我才想去换走钢丝那人的生活。小豆心想。

五

半夜里——也不是半夜，还不到十二点，电话突然响起来。小豆以为是姐姐叫他下去吃夜宵，接起来，一个女声问，需要按摩吗？小豆说不需要，女声像是知道他要挂电话，接下来便开门见山。先生，我们这儿小姐的活儿是出了名的……

挂了电话，小豆脸红心跳起来。他后悔挂了那个电话——睡了丽丽之后他也是这样，一会儿激动，一会儿懊恼，一会儿又充满了恐惧。酒店的电话没有回拨，他只好等着对方再打过来。他检查过自己的钱包，还有将近一千块钱现金，应该没问题。

等到三点多，电话也没再响。小豆有些意犹未尽，用手解决了。但他还是没有睡意。那天小苗给他叫了小姐，他怀疑是大姐安排的。孙部长来，大姐也这样安排？小豆心里突然闪出这个念头。大姐说她没给孙部长送礼，难道……难道是送了个小姐给他？

也不对，送个小姐就能把他从学校调到群工部？该不是，大姐陪孙部长睡过吧？小豆一阵头皮发麻，他无法阻止自己的想象……

都知道，孙部长好这一口。在邻县当县长助理时，他就绯闻不断。县委大楼里的人都在传，说孙部长在办公室就把前去汇报工作的某局信访专员给睡了。都不吃亏，听说那个信访专员后来升了副局长。副局长仗着上面有孙部长，在单位霸气十足，连局长都不放在眼里。惹恼了财务股长，人家拿了一张她某年某月某日在武汉某酒店住宿的报销票复印件，要寄给她老公——当然也不是真寄，真寄也不会通知她。报销票并不假，关键是孙部长这边也有一张该酒店同一天的报销票。副局长心里有鬼，终是低了头。还有一种说法，说是副局长当时吓得直哆嗦，声称只要别寄给她老公，让她做什么她都乐意。

大姐真是丢尽了他的人。小豆本来就感觉低人一等，只要有人背着他议论什么，他都会怀疑人家讲的是他有个不体面的大姐。现在再加上这件事，部里的同事不定背后怎么笑他。

回到东莞，小苗问去哪儿吃饭，小豆委顿着说不吃了，他有点不舒适，想回酒店睡觉。小芹问他怎么了，他装着难受，没有理她。小芹说，那你回去好好休息，我正好有个饭局要应酬。

我明天就可以上班了，你陪豆豆两天吧。小苗冲着小芹的背影说。

小豆没好气地说，谁都不用陪，我明天哪儿也不去，还不舒适。

小芹已经折回来。小豆这话，明显找茬。她问副驾驶座上的小苗，他又怎么了？

谁知道受了什么刺激，小苗没好气地说。

小豆像个孩子一样，脸别向另一边，谁也不理。不高兴不光是因为小芹，还因为这天是星期三。

星期三是固定的小豆值班日，跟着领导在大厅里接访。小豆有点忧虑，也不是担心错过什么，而是想知道他不在办公室，接替他的人会怎样接待上访户。小豆相信，不同的人接访，给上访户的影响也是不同的。想到由于他的缺席，他先前接待过的上访户无法了解自己反映的问题的处理进程，或者新的上访户没有得到合适的安慰，有可能会造成更多的越级上访。小豆不仅仅是忧虑了，变成了恐惧。

他重新审视自己对工作的态度，发现自己虽说并不是多热爱眼下的工作，但也不见得有多讨厌。

小芹小苗她们当然不知道。小苗吩咐向北开车，一边笑着跟小芹说，你走你的，你还不知道他？就是长不大。

晚饭时，小苗问小豆到底受了什么刺激。向北去火车站接人去了，晚饭就他们俩。

小豆不吭声，闷着头只顾吃饭。这才是世界上最憋屈的事，跟谁都不能说，张不开口。

小豆忍不住，问小苗见没见过那个"大姐夫"。

见过啊，小苗说。见没见过又怎么样？反正现在又不在一起了。

小豆不知所以，又不知道该接下来怎么问，目光呆滞地盯着面前的盘子。

两年前他们就分手了。大姐正准备重找一个呢。

分手？小豆不明白，既然连婚都没结，哪来的什么分手。

分手现在也不怕了，小苗安慰小豆，她以为小豆是在为大姐不平。

回酒店的路上，小豆想让小苗接着说小芹的事。大姐现在……

大姐跟他几年也值了。小苗说，"大姐夫"给大姐留了一套房子，两个各五十多平方米的商铺，一个夜总会。现在大姐开的宝马也是"大姐夫"给的。

他怎么那么有钱？

喊，东莞这个地方，有钱人多了。小苗指了一下路边乘凉的人，上次不是跟你说过吗，你看那些穿大裤衩摇扇子的人，说不定都是身家千万、上亿的人。

他哪来的钱？小豆不管人家，他就想知道这个"大姐夫"怎么这么多钱。

哪来的钱？坐那儿不动钱就来了，你信不信？小苗故意吊小豆的胃口。

小豆不耐烦地喊了一声。

没听说过拆迁？只要一拆迁，一个村子全成了亿元户。

拆迁造就了中国数以千计的亿元户这事，小豆在报纸上看到过，没想到身边的"大姐夫"就是一个。小豆心里松下一口气，"大姐夫"不是黑道上的人，也不是贪官。

你猜，"大姐夫"总共有几个老婆？小苗紧走几步赶上小豆，神秘兮兮地问。

几个老婆？难道还两个不成？小豆又被震了一下。他装着对路边的广场舞很感兴趣，尽量让自己镇定一些。二姐真是，姐弟俩怎么能讨论这事？

"大姐夫"总共五个老婆……

五个老婆？小豆没忍住，张大了嘴。天啊。

不过，除了原配，大姐是老大。小苗可能没看出来小豆的心思，或者根本就不在乎他是怎么想的。

除了原配？小豆愣了一下，才明白二姐的意思，心也稍微安了点。

东莞这么大，大姐遇上了"大姐夫"，"大姐夫"还看上了大姐……小苗凑过来，问小豆，你说，大姐算不算有福气？

福气？小豆一脚把地上的一个空易拉罐踢到墙上。易拉罐弹起来，又回到小豆脚下。

小苗怯了。可能是在心里替大姐算了一笔账后，才又镇定下来。大姐怎么说也算千万富婆吧？夜总会听说卖了六百多万，商铺多少也值两百万吧，再加上他们现在住的房子……

小豆又踢了一下那个弹回来的空易拉罐。这一回，比刚才的劲小多了。易拉罐只向前滚了几米，停在人行道边上。小豆意识到，他其实特别想听二姐说大姐的事。但二姐一说，他又害怕，好像她的每一句话都是炸弹。

我是说，遇到"大姐夫"，大姐真的特别有福气。二姐可能是怕他刚才没听到，重复了一遍。我来第一年，没挣到钱，过年不是没回王畈吗？"大姐夫"让我过去，和他们一起过年。去了才知道，"大姐夫"那一家真大。原配三个孩子，一男二女，两个已经结婚。大姐就不说了，老三也两个孩子，不过都是女孩。老四一个女孩，老五肚子也鼓起来了。听说，这个老五还是个演员……

都在一起过年？小豆不相信。

是啊，怎么了？小苗一副见过大世面的样子。

不吵架？小豆的想象中，她们几个一见面肯定会打成一团的。他想象不出来，五个老婆怎么能和平相处。晚报上不总是有这样的报道吗，不是原配带一帮人殴打二奶就是二奶逼原配退位，何况"大姐夫"还有三奶、四奶、五奶？

有什么好吵的？小苗像是看透了小豆的迷惑。钱任她们花，还闹什么？打架的，那是因为没钱。你看过去的地主，都三房四妾的，有多少吵闹的？

小豆无语。

小苗接着讲。谁都看得出来，"大姐夫"最喜欢大姐。大姐给他生了个男孩——这里的男人可重视香火啦——原配虽说也生了个男孩，毕竟老了……

大姐不工作？小豆打断小苗。他不想听这样的分析，太势利了，太无耻了……

你要是有这么多钱，还去工作？小苗像是不满小豆连这样的常识也没有。

小豆其实还有很多问题，大姐和"大姐夫"谁提的分手？"大姐夫"那么有钱，何必分手，养着大姐不就成了？能是大姐提的？大姐难道想从良了？晚上睡觉时小豆才意识到，自己竟然不希望大姐和"大姐夫"分手了。

六

胖子，还在东莞？

小豆在酒店睡了一天，傍晚的时候微信里来了一条消息。不是同事，也不是朋友，他好像不认识这个叫南蛮的人。叫他胖子的还有老王，难道他也玩起了微信？

这几天不少泡妞吧？对方又发来一条。

小豆问，你是谁？

你不是胖子？我在高埗，想不想过来？

小豆查到"通过对方好友验证请求"的时间是一周前。可是，来东莞他一直没有认识女性朋友啊。

想喝酒了。陪我喝一杯吧？

小豆怀疑是那天陪过他的那个小姐，丽丽。直到对方介绍说她是罗山的，小豆才想起来，火车上的那个姑娘。

发个地址过来，我一会儿打个车过去。嫌写字慢，小豆直接对着手机说起来。

你不怕我骗你？罗山姑娘问。

骗我？小豆逗她，骗钱我没有，要是骗色还可能得逞。

罗山姑娘不接他的话。本姑娘今天心情不爽，想随便找个人说说话。

啊？随便找个人？小豆说，街上到处都是人啊。

不来？罢！你以为你不来我会死啊？真没劲，这么较真。

逗你哩，这就过去。小豆心想，我也正烦着呢，正好。

高埗是东莞下面的一个镇，离市区并不远，十几分钟路程。小饭馆很简陋，没有包间。主要是近，方便，就在罗山姑娘鞋材厂的职工宿舍楼下。

一见面，罗山姑娘就问，是不是把我忘了？

小豆哄她，没有，天天晚上睡不着都念着哩。

男人嘴都甜。都去哪些地方了？

深圳、广州、珠海……该去的都去了。小豆觉得还真没什么好说的。

罗山姑娘吩咐上菜，没等你来，我点了四个菜，够不？

够，不够再上呗，守着饭馆还能饿着咱？早知道是这样的饭馆，就不用再去取款机里提现金了。

怎么样？看你这样像是不太喜欢这儿？

确实不喜欢，小豆实话实说。

没一点感觉？罗山姑娘又问。

能有什么感觉？小豆看着她，到处是车，车像你们浉河的水一样，一天二十四时无处不在。大楼像老家菜地里的菜，从地下突兀鲁莽地长出来，让人有种措手不及的意外。要说有什么感觉，就是大，整个广东就像一个大城市，没边没际的，反而让人很无助。

没感觉这儿特别发达？

再发达对我意义也不大。我要的就那么一点点，住的地方，吃的东西，再加上一个小百货商店。你说说，我们县城能不能满足我？

就没什么高兴的事？

认识你不是高兴事？小豆得意自己反应快。

胖子也有坏人啊。人家说正经的呢。

小豆想了想，说，看了一场演唱会。

谁的？罗山姑娘急着问。

宋冬野。小豆问她，知道不？

罗山姑娘当即摇头哼起来，"斑马斑马，你不要睡着啦，再给我看看你受伤的尾巴……斑马斑马，你回到了你的家，可我浪费着我寒冷的年华。你的城市没有一扇门为我打开啊，我终究还要回到路上……"

小豆振奋起来。其实，我来东莞就是为了看这场演唱会。

不会吧，这么浪漫？

你喜欢胖子吗？小豆问。

罗山姑娘脸红了。

小豆赶紧解释，我说的是宋冬野。

罗山姑娘点头，嗯，喜欢。

胖子的歌都很平实。小豆说，看他的演唱会是我今年的一个理想。你要是也喜欢他的话，小豆向她建议，最好去现场，现场的气氛会让你有种嗨到极点的感觉。我身边一个女孩，疯狂地喊着要给他生个小胖子……

哈，我才不做那样的歌迷。罗山姑娘摇头。

小豆给她讲自己的感受。《鸽子》的副歌响起时，鼓点逐渐紧起来，把现场的空气都搅翻了，像是敲到人心里了，又像一只小手在挠你的心窝窝。但我更喜欢灯光暗下来时，胖子孤独地站在舞台中央，自己抱着吉他唱《六月末》的那个范儿……

小豆突然停下来，说，我老是说，你也讲讲你吧。

我？罗山姑娘一愣。

嗯，讲讲你在这儿的工作。小豆笑了，自己下意识地又暴露了信访干部的习惯。

我的办公室——不，不是办公室，是工位——特别大，跟学校的操场差不多。材料部，其实就是仓库，整个仓库就我自己。我那工作特别没意思，真的，没意思。有人来领料了，我点好数，发给他们就行了。这工作谁都能做。我还是给你讲讲我的男朋友吧。我去深圳——我前男友在深圳。我其实很少去那儿，一年才去过三次——在大巴上，认识了现在的男朋友。我后来常常想，这就是命，命里注定我们相遇。你说怪不怪，那三次去深圳的大巴上我都遇到了同一个男生。

第一次，我们俩的座位挨着。下车的时候我随身带的一本杂志忘车上了，他殷勤地跑上来递给我。其实，那杂志是我故意扔下的——不是我想与他搭讪，我看完了，又没什么保存价值才扔的。

第二次，我一上车就看到他了，他就坐在车门那儿。我之所以记得他，是因为他很特别，脑门左侧那儿的头发故意留了一道露着头皮的白。那种发型，要是搁别人头上，肯定像一个街头小混混。但他不，一点儿也不显痞气。我猜他也认出我了，我看到他朝我点头了。

第三次，是冬天，深圳那年的冬天特别冷。下了大巴，我站在那儿等出租车，他走到我面前。我有点慌，他还没发话我就表白，我有男朋友，我来深圳看他。他笑了，说我也有女朋友，我是来跟她分手的……

你说，我们算不算有缘？

嗯，小豆点点头，还真有点宿命的色彩。

服务员来上菜。罗山姑娘从座位下面拿出一瓶红酒，咱今天把这瓶酒干了。

又不是白酒，小豆才不怕呢。

吃饭的过程中，罗山姑娘没说什么话。小豆不知道她的酒量，怕她醉了，抢着喝。反正就一瓶，他喝多了，她就能少喝一些。

酒喝完，小豆站起来买单，差点儿被绊倒。

罗山姑娘笑他，喝多了？

确实多了，小豆不好意思地说。

说自己喝多了的人，绝对没喝多。罗山姑娘总结。

他觉得正好，微醺。石锅鱼吃过没？

没。怎么，想请我？

哪天带你去尝尝。

哪天？

嘿，你还当真了？

你是不是经常这样虚情假意啊？罗山姑娘问。

出了门，小豆说，石锅鱼有点远，咱来点真心实意的，去唱歌怎么样？

罗山姑娘说算了吧，那种地方，就咱俩不好。找个说话的地方就行。

去你屋吧，你不是在附近住吗？小豆猜，小饭馆人太熟，罗山姑娘想说的话没说出来。你是一个人住还是与人合租？

想泡我？罗山姑娘又恢复了火车上的呛味。本姑娘可是名花有主了！

小豆不知道该怎么接话，脸又红又涨。好在，对方很难分清他到底是因为不好意思还是因为酒精的刺激。

厂里给我们租的是套房，两个人一套，一人一间卧室。罗山姑娘突然想出一个好主意，去喝咖啡。

小豆要拦出租车，罗山姑娘说，不远，走走吧。权当散步，你也可以趁此抽根烟，憋一晚上了，肯定急。

小豆笑，不急，我其实没什么烟瘾。听说这儿治安不好，抢包的多？

怕什么，你这一堆谁敢来抢？

小豆挺直腰杆。好，走着去。给美女当保镖，一辈子能有几次？

我有男朋友，罗山姑娘拍了一下他的胳膊。

我也有女朋友，小豆以牙还牙，他想起刚才的那个故事。

嘿，我不是那个意思，我是说，我爱上了一个潮汕男人，心里好纠结。

潮汕男人？小豆转身看着她。潮汕男人怎么了？

你不知道，潮汕男人大男子主义特别严重……

小豆打断她，哪儿的男人都有大男子主义的。

罗山姑娘没跟他争。潮汕人不一样,他们那儿的女孩子从小就干家务。祭祀应该是男人的事吧?潮汕那儿都是女人去做。嫁到潮汕男人家的女人,辈分也会降一级,跟自己的孩子一样,叫男人的叔叔为叔公(爷爷)……

小豆听明白了,笑。你别说,娶个潮汕女人当老婆肯定爽。

人家罗山姑娘没有心思开玩笑,小豆只好重新回到对方的问题上。你也是听说吧?

我去过他们家,耳闻目睹。罗山姑娘说,不过,我男朋友现在待我那是没说的,我们打算国庆结婚。可我担心他以后会变,那种潮汕男人的意识早已经浸染到他骨子里了。

咖啡馆里灯光很暗,三三两两的,人也不少。不过,倒挺安静的。罗山姑娘像是很少来这种地方,小豆喝什么她也点什么。

我住我一个亲戚那儿,小豆准备讲自己的烦恼,反正罗山姑娘又不知道他的底细,而且,还可以借此转移她的烦恼。这几天,我越来越怀疑她在挣大钱。

挣大钱?

哦,我们那儿都说小姐是挣大钱的。

挺形象的,罗山姑娘忍不住笑了。什么亲戚?

嗯……表姐……小豆急中生智。接下来,小豆的表达就流畅多了。我表姐很有钱,老是邀请我来东莞玩。我来第一天就觉得不太对,我表姐说她身上来了,不用上班,可以好好陪我。我就纳闷,东莞这么好啊,女人还有这样的福利?昨天我无意中在车上看到了她的包，包里十几个避孕套。我姐——表姐，叫姐显亲，我们那儿都不习惯带那个"表"字——生了第二个孩子就上环了，包里为什么还装这么多避孕套？

你因此怀疑你表姐是……挣大钱的？罗山姑娘笑了，为自己的活学活用。

你说，是不是有可能？小豆弱弱地接了一句。还没等罗山姑娘说什么，小豆又爆料，我大表姐也好不到哪儿，在这儿做了人家的二奶。

哈，家族式生意啊，罗山姑娘调侃说。

罗山姑娘的话让小豆一下子联想到二姐夫那个闵庄人的家族式车队。他像被人打了一耳光，先前还批评他们是阶层固化的一个典型呢，小苗不也是跟着大姐做起了家族式生意？

那不是有没有可能的问题，肯定是。没有其他解释。罗山姑娘一下子解除了小豆心里残存的那点侥幸。你肯定早知道了，东莞以前小姐特别多。你说你来东莞玩，我就觉得你不是个好人。

怪不得罗山姑娘那天说话那么冲。小豆问，真的假的啊？我表姐不是黑社会逼的吧？

哈，你是看书看多了吧？现在有几个小姐是人家逼的？你表姐的老公在哪儿？

在……小豆犹豫了一下，还是说出了实情。她老公跟她在一起。

在一起？罗山姑娘问，你是说你表姐的老公也在这儿？

嗯。

那，你表姐有没有固定的工作地点？

好像没有。

这就对了。如果你表姐真是小姐，她又不固定在哪个酒店，说明你表姐的老公可能就是她的经纪人。

经纪人？小豆不解，小姐还有经纪人？

就是妈咪，负责管理小姐的人。也有像你表姐这样单干的。罗山姑娘说，我是听跟我同一个宿舍的女孩说的。她有一个同学，两口子就做这事。有嫖客联系了，男人就骑着摩托送自己的老婆过去。完了再接回来，怕出事……

啊？小豆像是突然醒酒了。

怎么了？罗山姑娘说，我宿舍那女孩的同学也来劝过她，说女人就得趁着年轻，多挣点钱。等到年龄再大些，想做也没人要了。身体又不是米面，舀一瓢还能少了？

你是说，我表姐夫可能就是专门把我表姐送给那些……嫖客的人？

什么可能啊，肯定是。

小豆哆嗦了一下。

又不是你亲姐，管他哩。罗山姑娘搅了一下杯里的咖啡，现在的女孩子，一个个比着不要脸。

罗山姑娘的话再次提醒了他，孙部长肯定看不上年老色衰的大姐，人姐肯定是安排二姐陪了他。小豆越来越不敢朝下想。

斑马，斑马

罗山姑娘还得意地沉浸在自己的分析中，现在是笑贫不笑娼的年代，那也不算什么大事。

笑贫不笑娼你为什么不去做？小豆反呛她一口。

罗山姑娘还真被呛住了，看你这人，怎么开不起玩笑啊？

七

小豆是临时决定回去的。

那天早晨，他在酒店外面散步。时间还早，街上行人并不多，车却是嗖嗖地一辆接一辆。马路对面有棵很南方的树，像长了胡须，一簇一簇地从树枝上垂下来。树根也怪，由无数暴露在外面的小树根麻花一样围聚而成。小豆正出神，噗的一声窜出来一个物影。小豆惊了一下，定睛看，是一只流浪猫。咪咪唤两声，那猫反倒像受了惊吓，窜得更快。正好是红灯变绿灯，车流急不可耐地重新向前涌。第一排的车过去，小豆看到猫的后半身似乎被辗了一下，头还翘着。后面的车却没有减速，一排一排抢过去。红灯再次亮起时，猫在地上已经摊成了肉饼子。

小豆早饭都没吃，眼前老是晃着那摊肉饼子。

他给罗山姑娘打电话，问她中午可不可以出来吃饭，石锅鱼。那边有些犹豫，小豆说来吧，吃鱼好，不长肉的。我下午要回老家，你再不来恐怕就没机会了。

网上没订到卧铺票，小豆狠狠心，决定坐一回高铁。没想到，深圳到信阳的高铁票也没了，只剩下几张一等座。小豆还是有些心疼，决定从广州走。订的车次到信阳已是深夜，照样回不了家，但他实在不想再在这儿待下去。

他给向北打了一个告别电话——他觉得向北跟他是同一个战壕里的战友——他突然可怜起他来。一个开货车怕刹不住车而辞职的男人，每天做着亲手把自己的女人送到别的男人床上的工作，他不可怜谁可怜？

小豆不想再见小芹小苗，特意嘱咐向北，等他走后再跟她们讲。

中午吃饭时，小芹小苗还是跟着向北一起赶来了。谁也没问他为什么这么急着走，只有向北试探地问了句，是不是换个饭馆？小芹也趁机抱怨，还吃石锅鱼啊？小豆不吭声，小苗学他，吃鱼好，不长肉。小苗送了小豆一台平板电脑，算是临别礼物。小芹提了几瓶酒过来，五粮液你自己留着喝，两瓶洋酒捎给孙部长。好歹，都是真货。

罗山姑娘也来了，小芹小苗不约而同地看了一眼小豆。小豆心想，看什么看，别以为谁都像你们。

小豆给罗山姑娘盛了几块鱼，说下次来再请你，这个地方做得不太正宗。

罗山姑娘表现得很不好，畏首畏尾不说，一举一动都像是证明了他们两个人有私情。小豆依然撑着，光明正大的，随他们怎么想。

小豆的声势被击垮，也是罗山姑娘点的捻。兴许是想显示自己作为一个久住东莞的人的眼光，罗山姑娘让他看刚进来的那个女孩。看她那打扮，肯定是个小姐。

背对着门的小苗也转过身去看。

罗山姑娘正派女人的优越感显而易见。两个姐姐不用说了，就连小豆也心里一凛，自信心一下子泄了。装什么呢，他一个嫖客跟小姐还有差别吗？

单位有事，打电话让赶紧回去。这个理由歪打正着，一方面说明单位离不开他，另一方面也算给她们一个台阶——小豆突然提出走，并不是不喜欢她们了。

偏偏向北还记着罗山姑娘的话，纠正说，这个钟点，小姐们一般都不会出来，正补觉呢。

再吃一点？小豆给罗山姑娘搛了一块鱼，趁机岔开话题。向北的话越有道理，小豆的脸红得就越厉害。

好了，都吃撑了。罗山姑娘先站起来，我得赶回去，我们一点半打卡。

小芹也站起来，别呀，急什么？我们都有事，得先走一步。

小豆看出来了，大姐的意思是给他们一点时间。

罗山姑娘说，我们是台资厂，老板要求严。你们接着吃。

小豆送她到站台，罗山姑娘问，你表姐？

小豆身子一激，点了点头——这会儿不由他不承认。

回到饭桌上，向北拍拍小豆的背，轻声说，还没搞定？

刚认识的，小豆心里有气，嘴上却是温和的。

再待两天不就能搞定？

　　　　　　　斑马，斑马

小芹小苗听到了，视线都集中到他身上。小豆只好迎合他们，下次再来搞定她。

出来的时候，向北把小豆拉到一边，带你过去再玩一次？

小豆旋即就明白了他的意思，下次吧，下次来再说。

其实，十分钟就行了。向北说得很认真。

小苗装着没听见他们的对话，我们就不送你了，还有事。

小芹要送他到广州火车站。小豆坚持坐大巴，大巴多，方便。小芹拗不过，只好送他去汽车站。

过安检的时候，酒被挑了出来。东莞要开个什么国际会议，安检突然严格起来，超过五十度的酒都不让随身带。小豆安慰小芹，存这儿吧，下次来再喝。

高铁上很宽松，毕竟比普通火车的卧铺还要高一倍的价钱。邻座是一个少妇，怀里搂一个两岁左右的孩子。孩子睡着了，小豆怕吵醒他，没有和她搭话。

小豆专心上网。老婆用QQ（一种中文网络即时通信软件）发来一个穿着睡衣的自拍，说是特意为他回来准备的，问他怎么样。小豆的老婆其实并不是那种漂亮的人，也不怎么有情趣，甚至可以说是个非常传统保守的人。但谁也想不到，她竟然喜欢情趣内衣，特别喜欢。

小芹和小苗也都在线，小豆分别给她们发了同样感谢的话。自己有什么理由责怪她们呢，他老婆那么传统不也喜欢情趣内衣？

小豆装着不知情，另外给小苗编了一个长长的短信，劝她和向北找个生意做，南方到处都是机会——这是他到东莞后他们说得最多的一句话——他不信他们挣不到钱。

他正准备再复制一次给向北，小豆突然想到中午的石锅鱼，直接就建议向北开个石锅鱼店，钱不够的话，他可以支持他们。只要他们做正当生意，替他们贷款小豆也乐意。当然，最后一句话他没发过去。

车过长沙，火车开始广播。孩子醒过来，无端地开始哭。少妇向他抱歉地说，这孩子一睡醒就要哭一阵。没想到，一个小孩的哭声那么激昂，声嘶力竭不说，还涨得满脸通红，小身板像拉满了弦的弓，绷得紧紧的，像是一个大马力的小音箱。好在很快就过来一位漂亮的乘务员，她手里的小铃铛吸引住了孩子，孩子的哭声渐渐弱下来。

手机响，小豆看是省会郑州的号，接了。

您好！我是省法制周刊的记者，能约个时间采访您吗？

小豆支支吾吾，你是不是打错电话了？

您是王小豆吧？

莫不是我离岗太久被媒体揪着了？小豆心虚，情急之下挂了电话。过后一想，不对啊，领导答应他的，怕什么？

回到QQ上，他看到老婆刚刚留言，听说，贺主席被"双规"了，全城都在传。我刚买了一套蕾丝内衣，穿上你看看？

小豆正想细问贺主席的事，又一个电话打进来。还是郑州的号，小豆以为又是那个记者，没接。

对方发来短信，我是黄河网的记者，能否约个时间聊聊？

聊什么？小豆回。

对方没回短信，电话直接打过来。王主任好，我们想了解一下贺宽心的事儿。

贺宽心？哦，你说贺主席啊？

对，对。我们想找您了解一下他喝死村民的事……

火车广播里像是在放胖子的歌，小豆支起耳朵。果然，"我知道，这个世界每天都有太多遗憾，所以，你好，再见……"

王主任？

我不是什么主任。有什么事明天上班再说吧。

挂了电话，胖子的歌已经唱完，女播音员正在广播晚餐都有什么。

QQ上，老婆的头像还在闪，到哪儿了？老婆的QQ头像是小豆亲自设计的，只有鞋和脚。小豆知道老婆身上的亮点，脚和臀。老婆的脚小巧、性感——是那种朴素的性感。拍QQ头像前，他让老婆挑了双高跟鞋——那种只有两个绊的凉鞋。老婆后来用这个当了QQ头像，好多人都问她从哪儿找的照片。老婆的屁股是另一种性感，圆圆的，不见一丝赘肉，每次小豆看了，都会有一种按捺不住的冲动。

他给家里的出租车公司打了个电话。记者催，老婆也催，他也不想耽误第二天上班。贺主席倒了，小豆就不用承认错误了——没有错，承认什么呢？他借调到信访局四年，还没有正式调过来，大不了再回到学校，省得天天说话跟吵架似的，也不用再写那些死气沉沉的公文了。小豆觉得自己不适合群工部的工作，太感情用事，见不得人家哭，访民一哭他就有一种想打谁一顿的冲动。不能再委屈自己了。退一万步讲，就是开除了，那么多人没工作不也过得好好的？套用罗山姑娘的话，不要那工作会死啊？

真到了那一步，他想，在县城开一家石锅鱼店也不错。

（原载《特区文学》2016年第2期）

　　　　　　　　　　　　　　　斑马，斑马

无　花　果

一

　　沈现场的手正在老婆身上示好，"明月几时有"刺耳地响起来。沈现场迟钝下来，荒了一个多月的老婆此刻却意犹未尽，翻身压住了他。

　　自从沈洋洋上幼儿园后，沈现场就习惯了中午和老婆亲热。女儿只要在家，就跟她妈形影不离，直到第二天上学。也不怪女儿，怪就怪沈现场是个刑警，刑警的每一个晚上都充满了不确定，随时都可能有任务。连带着女儿也习惯了，始终没和妈妈分床。虽说中午是夫妻俩的机会，可这机会一个月也就那么一两次，万一遇到老婆生理期，或者一方心情不好，机会也会泡汤。

　　"我欲乘风归去，又恐琼楼玉宇，高处不胜寒……"这会儿，王菲的声音有点像铁锹在水泥地上刮擦，刺耳、揪心。沈现场喜欢王菲的这首歌，把同事的来电声音全部设置成了这首歌。

沈现场翘起上半身拿电话。老婆没趣地滚下来，赌气转过身，给他一个白板似的脊背。

穿戴好之后，沈现场又折回来，补偿式地吻了吻老婆露在外面的肩膀。那儿冷冰冰的，沈现场帮她盖上毛毯。

现场在沿淮镇的一处工地上。工地原本是该镇工业区——几乎每个乡镇都有一个这样的工业区，它是时代的产物。21世纪初，沿淮镇像全国各地一样，在公路边圈起一片地，简单地搭几间房子，就成了工业区，外人看得着的政绩。工业区里并没有什么工业生产的迹象。除了西南角围了一堆沙之外，院子里杂草丛生，都快一人高了。听说这块地刚刚被开发商盯上，变更了土地用途，准备开发商品房。发现那些衣服和球拍的并不是挖掘机司机，而是几个围观作业的建筑工人。球拍是红色的，衣服的颜色也很花哨，短裤、T恤衫，还有蕾丝内裤、胸罩。消息迅速传开，沿淮中学失踪的女中学生的家人也赶来辨认。

黄队长带着沈现场他们赶到时，两个女人已经哭到尾声，挖出来的衣服被她们当作孩子一样紧紧地抱在怀里。黄队长眉头舒了下来，让沈现场去确认。这个时候有人哭，对警察来说是件好事，说明受害人身份确定了，不用再排查了。果然，其中一个女人十分笃定，衣服都是6月份失踪的女中学生李莉的，尤其是外套，李莉的姑姑春上刚从深圳寄回来。

黄队长看着沈现场装回袋子里的那些衣服，表情重新凝

　　　　　　　　　　　　　　　斑马，斑马

重起来。揉来揉去的，衣服上即便有嫌疑人的指纹怕也找不到了。刑警队谁都不愿碰命案，没有讲价的余地，有能力没能力都得破案。

工地暂时停工。沈现场让小陈清理现场，疏散围观的群众。

李莉，15岁，沿淮中学初二学生。7月初，李莉的家人到刑警队报失踪，称李莉于6月27日晚自习放学后没有回住室睡觉，从此再也没有人见过她。沈现场有印象，当时正好是他们中队接的案。过后小陈向他汇报，女孩儿肯定是失踪。沈现场问他为什么这么肯定，小陈说凭直觉。沈现场哭笑不得，既然是直觉，怎么能肯定？小陈刚刚大学毕业，虽然过于感性，但熟悉办案的法定程序，是个好帮手。

沈现场找到第一个看到衣服和球拍的工人，让他详细回忆衣服和球拍是埋在地下还是在杂草丛中。旁边的包工头抢着说，肯定埋在地下，施工前他们先除的杂草，什么也没见到。沈现场转过头问包工头，施工之前，整个工业区有没有挖过的痕迹？包工头笃定地说，有，地基的西北角那儿有一片暄土，他以为那儿原本是一棵树，被谁偷走了。

局党组当晚召开会议，决定成立"6·27"专案组，局长亲自任专案组组长，刑警队大队长黄庆任副组长，成员由一中队和三中队两个中队组成。中队听起来有些唬人，事实上一个中队也就两三个警察。刑警队一共五个中队，分管县城东西南北四个片区。第五中队稍微大一些，六个警察，负责城区内的刑事案件。紧接着召开"6·27"专案组第一次会议，沈现场把现场的情况复述了一遍，李莉的衣服和球拍被埋在那种地方，可见凶多吉少。目前，最要紧的是找到尸体。

嗯，黄队长强调说，尸体是关键。

三中队的中队长韩文说，最近女人被控制做性奴的报道比较多。人到底是死是活，现在下结论是不是太早？

没有死更好，但我们得有行动，不然怎么向老百姓交代？黄队长分析，沿淮中学离淮河近，咱们可以抽两个人到下游去看看，嫌疑人抛尸淮河的可能性不是没有。

淮河暑期发了两次大水，沈现场提醒说，就算嫌疑人真的抛尸淮河，恐怕也难找。

现场，你也算老刑警了，怎么连这点常识都不明白？黄队长有些急，语气生硬起来，只要理论上有可能，我们就不能放弃。

沈现场没有再反对，但很不服气。讨论案情嘛，又不是选谁当领导。

局长插话，我们其实还可以把范围缩得更小些，主要查学校。熟人作案的可能性更大。两个女学生的社会关系不会太复杂，我想，学校的可能性还是要大一些。

局长高见，韩文点头。

嗯，有道理，黄队长也附和。

两个失踪者都是十五六岁的女孩儿，我们能不能进一步把嫌疑人圈定为男性？没人接话，沈现场转向局长，补充说，我们下午大致了解了一下，据说两个女孩都是沿淮中学里长相特别出众的。

大家都等着沈现场的结论。

真是奇怪，意外死亡的女孩儿几乎都非常漂亮，我准备好好研究研究。沈现场没有下什么结论，他只是想调节一下气氛。

局长笑了，等这个案子破了，我给你假，好好搞搞你的研究。

现场这名字就是他研究的结果。自从在省法制报上发表了论文《现场：犯罪的监控》一文后，现场这名字就叫开了。开始只是身边的同事开玩笑，到后来，全局都叫，领导也跟着叫，真名反倒被人忘了。不过，还真是名副其实，沈现场的一双眼胜过显微镜，在很多现场都发现过嫌疑人露出的马脚。

沈现场正想解释他只是开玩笑，领导不要当真，手机又不合时宜地响起来。这次是"让我再看你一遍，从南到北……"陌生人的铃声设置，宋冬野的《安和桥》。沈现场掐断电话，即使黄队长不瞪他，他也不会接。

黄队长说，先这样，主要警力放在学校。现场和韩文辛苦了，盯紧点，有什么情况及时向专案组汇报。另外派两名警员沿着淮河向下走走，看看能不能发现点线索。

还有什么困难没？局长环顾左右，问。有什么困难及时报告，局里全力支持。

黄队长站起来，局长这么支持我们，我代表队里向局党组立个军令状，两个月内破案！

黄队长急着想表现，局里抓刑侦的副局长空缺有一段时间了，听说最有竞争力的就是黄队长和城关镇派出所所长。现在出现这样的案件，对黄队长既是挑战也是机遇。如果干净利落地拿下，无疑会给黄队长加分。可是，案子现在还没有线索，谁能保证60天能拿下？沈现场正想反对，桌子上的手机又响了，"关于那天，抱着盒子的姑娘和擦汗的男人……"

局长示意他接听，箭已上弦，群众提供线索也说不定。

沈队长好，我是市晚报记者蔡园。

对不起，正开会。沈现场再次掐断电话，同时向局长汇报，记者。沿淮中学新学期开学不久又发生的一起失踪案，就是这个叫蔡园的记者报道出去的。与李莉的失踪极其相似，16岁的初三女生朱文雯晚自习放学后走出教室，再也没有回来。蔡园听到风声，在镇上住了两天，写了篇《为什么失踪的都是女学生》的报道，尽管用词不太准确——从法律的角度看，说失踪还有些为时过早，但整篇报道还是比较煽情的。蔡园毕竟是记者，不是警察，普通人的观念是，人联系不上了就叫失踪。朱文雯缺少父母关爱，打小父母就在外打工，与她相依为命的只有一个老奶奶。失踪那天，朱文雯刚刚从乡下为奶奶过完"五七"回校。现在看来，警方当初判断其厌世离家出走，是有些草率。

一个优秀的警察，应该学会与记者打交道。我们不是总

　　　　　　　　　　　斑马，斑马

嫌自己的社会形象不好吗？局长提醒在场的人，别忘了，记者手中的笔可以给我们树形象。

她想给上午挖出来的衣服和球拍拍张照片，沈现场辩解道。

原则问题，你可以跟人家好好解释嘛。

好的，局长。沈现场被局长的紧追不放搞得脸红了。

黄队长趁机说，当着领导的面，现场、韩文也表表态。

表什么态？一点线索都没有，怎么表？沈现场看了看韩文。韩文不紧不慢地说，黄队长是年轻的老刑警，他有经验，他既然说两个月能破案，我相信肯定能。

沈现场了解韩文，知道他并不是拍马屁的人，人家在谁面前说话都中听。要不是差一点犯了男人都常犯的错误，别说刑警队大队长，副局长的帽子说不定都戴在头上了。

从明天起，我就住在沿淮镇，案子不破我不回来。表态前，沈现场不好意思地看了看韩文，对不起了，让我也表现一次吧。军令状人家抢在咱前面立了，再不表态黄花菜都凉了。真破不了案，谁还能堵住路不让他回来？

好，黄队长赞赏地点点头。

不查出眉目，我们都不回来。韩文看了看沈现场，似乎有些无奈。

局长敲敲桌子，最后我只说一句话，听说沿淮中学好多女生都转学了，大家应该想一想，老百姓背后会怎么议论我们警察。我们这个专案组，到沿淮去破案是一，同时还要注意树形象！我不怀疑你们的办案能力，只要大家精诚团结，我相信一定能很快破案。

黄队长会意，提醒说，都不是第一次办案，遇到情况一定要互相通气，别因为贪功误了案件的侦破。

在场的人都笑了。沈现场不知道他们笑什么，也跟着笑。他正忙着给蔡园发短信，蔡记者，衣服和球拍都是重要证据，没有结案之前保密，不能公开。请谅解。

<h1 style="text-align:center">二</h1>

沿淮镇处在县城最南边。南邻的淮河，像从天上坠下的绿色飘带，弯弯折折成了两个市区的分界线。一河之隔，南岸是南湾水库的灌区，鱼米之乡。北岸沙土地，大蒜、葱、姜遍地。河中的小船并不轻闲，朝南送蔬菜，朝北运大米。最大宗的交易是人，北岸有嫁到南岸的，也有南岸嫁到沿淮的。因为偏远，这里民风淳朴。也有人说这里的人粗野，交界处嘛，天高皇帝远。政府架桥之后，南岸北岸反而没有先前稀罕了，沿淮的大米可能从更远的广东运来，南岸的蔬菜也可能从山东运过来。人也是一样，都坐在车里，嗖的一声就过去了，往南的可能去广东，往北的也有可能去北京。不像坐船，无外乎南岸北岸。

沿淮中学就靠着桥，离镇街三五分钟的路。学校大门是那种网格状的老式铁门，一年四季对外敞着。沈现场昨天就问过，为什么不设门卫？抓政教的隗副校长说，南面没有围墙，弄个门卫还不是幌子？要不是有人介绍，谁也不会相信眼前的这个人是个副校长，连老师都不像，裤子绾到脚踝那儿，脚上一双老式解放鞋，都是泥。

沈现场他们的办公地点就设在学校最南头的那排危房里。隗副校长本来打算把政教处腾出来的，黄队长不同意，说他们在这儿不是一天两天，不能影响学校的正常工作。沈现场提议用会议室，反正学校也不经常开会。隗副校长不好意思，说没有会议室，开会经常趁学生上体育课空出来的教室。一个女老师在旁边说，反正也就白天办会儿公，不如让他们到南头那排房子里。隗副校长对着她讪讪地笑了笑，并没接话。韩文问，有空房子？隗副校长说，是危房，不能住人。

去看房的时候，女老师也跟着。沈现场不快，看了看隗副校长。隗副校长到底是老师，赶紧补充介绍，这是市晚报蔡记者，这是公安局黄大队长、沈队长、韩队长。沈现场偷偷打量了一下对方，怪不得全校老师无论男女都像刚从地里回来，只有这蔡园身上干干净净的，格外与众不同。蔡园赶紧发名片，把沈现场放到最后。沈现场心想，社交方面，自己还真得向人家学习，一个细小的举动就把曾经短信交流过的两个人拉近了。他主动道歉，请原谅，我们也是身不由己。蔡园自然十分客气，理解理解。

刚安顿下来，隗副校长便主动开始介绍学校的基本情况。我们沿淮中学，始建于1956年，最初是完全中学，高中部于

1985年合并到邻乡高中。学校现有教职员工143人，这个数字包含退休人员。19个教学班，847个学生。今年被县重点高中录取73人，绝对人数居全县第四……

说说你们学校的治安状况，黄队长打断他。

隗校长，韩文可能意识到黄队长的语气像是审讯，插话说。我们主要是想了解一下学校最近几年来的治安状况，尤其是女生宿舍的安全情况，请您详细给我们介绍一下。

包括校园周边环境，黄队长补充。

治安嘛，隗副校长脸上浮起笑意，你们也知道，我们学校连续六年获得教育局评出的"学校治安综合治理先进单位"，连续三年获得公安局评出的"社会治安安全先进单位"……

隗校长劳苦功高啊！韩文话里藏着揶揄，打断他。

沈现场暗里苦笑，看样子，指望这个隗副校长是不中了。

黄队长说，那好吧，抽个时间组织一下全体教师和学生，开个动员会。

二十分钟够不？隗副校长问。这一节下课正好是大课间。

十分钟就中，黄队长说。

隗副校长好心地提醒道，是不是，动静大了些？

韩文接过话，我们就是要搞出些动静，让嫌疑人坐不住，露出点马脚。

开罢会，隗副校长领着他们四处转了转。学校不大，进了大门就是两排墙砖呈暗红色的老房子，里面住着一些退休的老教师，还有一些家安在城里的教师。校园里一共三栋楼，教学楼，学生宿舍楼，教师宿舍楼。学生宿舍楼从中间隔开，半边男生半边女生。严格来说，学校只有东边大门那儿有一面围墙，西边和北边充当围墙的分别是教学楼、宿舍楼及食堂，后面的一道深水沟倒是一道天然屏障。

食堂却出人意料的干净。差不多有一千平方米吧，里面密密麻麻地摆满了简易饭桌。

沈现场在后面小声跟韩文说，肯定是知道我们要来，做了些面子活。

不会，韩文反对，要真是做面子，校园里怎么没打扫？

我们有专人打扫，每天都这样。隗副校长像是听到了他们的对话，停下来说。街上的养猪户，学生的剩饭剩菜全归他，他负责食堂卫生。

食堂由五个人承包，各有各的窗口，这样竞争能保证饭菜的质量和价位。

黄队长问，哪个窗口饭菜最好？

一号老贺的，隗副校长指着靠外边的那个窗口说。老贺舍得放料，每天都是他家窗口排的队最长。老贺的厨房专门隔出来一个小间，做学校单身老师的餐厅，学校来客偶尔也在这儿吃。

那好，以后我们就在一号吃。黄队长看着沈队、韩队，晚上你们可以多加两个小菜，记住，不能喝酒。

那哪儿中？隗副校长说，我们校长安排了，到镇上的食堂去吃。还有蔡记者呢。

我们有纪律，韩文说，隗校长，你不会想让我们犯错误吧？再说，我们在这儿也不是一天两天，顿顿吃外边，你们学校还办不办？

黄队长回城前交代他们，要主动出击，不能坐等线索。比如那两个班的班主任、任课老师，还有班里的同学，都可以列为本案的嫌疑对象。

一上午就这样过去了。怕有人来反映情况，午饭时办公室还特意留下一个人值班。饭前饭后这段时间老师和学生都自由，警察全部出动，找线索。

沈现场守办公室。吃饱了饭，天气又好，正昏昏欲睡呢，有人敲门。

是蔡园，手里拎着包，来告别。本来还以为有人来提供线索呢，转眼就泄了气。沈现场打起精神，礼貌地问，怎么这么急，不再了解了解情况？内心里，其实巴不得对方立马消失。

蔡园像是看出了沈现场的心思，也不坐，一副随时要走的样子。告个别，等案子破了再回来。

沈现场只好站起来送她。

街西头的力民，你们最好调查一下。走到门口，蔡园轻轻扔下一句话。

沈现场像充满气的气球，一下子饱满起来。他尽量按捺住自己的激动，装着漫不经心地问了声，为什么？

力民花痴，经常到学校转悠，一来就不眨眼地盯着女老

　　　　　　　　斑马，斑马

师、女学生看。不过，大家都说这个人脑子有问题。

精神病？沈现场问。看来，原定的侦查范围需要扩大。

不是吧。蔡园无法肯定，这人最近出去打工了，我没见过。听人说，并不傻，就是少根筋。不用送了，沈队长。再见！

三

不可能是他，隗副校长反应强烈。你们不知道，力民是个傻子。

傻子？沈现场不相信，蔡园捉弄人？

傻子还知道看女人？一旁的小陈直言不讳。

沈现场问，他经常来学校？

隗副校长说，什么经常不经常，他就住在学校院墙外边。少了一根筋的人都那样，说话不知道拐弯，看人不知道眨眼。

小陈急不可耐，他是不是经常逮着漂亮女人看？

他哪里分得清漂亮不漂亮，只要是年轻一点的女人，他都不住眼地看。隗副校长似乎不太喜欢小陈的鲁莽，回答的时候并不看他。

隗校长，沈现场说，你带我们去力民家看看吧。

他好像不在家，我有一段时间没见他了。隗副校长看着沈现场，他要是在家，你在校园里就能碰到。

我知道他不在家，你带我们去他家看看吧。

沈队长，你叫别人带吧。隗副校长像是在哀求，我狠不

无花果　　　　　　　　　　　　　　　　　　　　127

下那个心，力民娘可怜啊。力民本来还有一个哥，十八岁那年掉淮河淹死了，还是为了救力民。守着个傻儿子看不到希望，力民爹不久也上吊了。剩下娘儿俩，相依为命。

你好歹也是个抓治安的领导，遇到事怎么能老好好呢？小陈很生气，要是事情发生在你们身上，你还这样袖手……

沈现场截断小陈的话，隗校长，那我们先走了。小陈还是年轻，他们的工作还得靠隗副校长配合，可不能把关系搞僵了。

力民娘眼神不好，等两个人走到门口了，才发现是警察。

俺的力民又犯啥事了？力民娘仰着脸问。

沈现场扶她坐下，没犯啥事，我们顺路来看看。

娘儿俩三间房子，西边一间赁出去了。房子不大，但收拾得挺干净。吴力民三十一岁，身强体壮，正当年。你只要哄他说给他介绍个媳妇，他能像牛一样一上午帮你犁完一亩地。不过，大部分时间力民都不在家，在外面的建筑工地上打零工。这不，上个月刚被他姨夫带到郑州了。

毕竟是自己的儿子，力民娘絮絮叨叨，讲的都是力民的好。

沈现场问，能不能让我们看看力民的住室？

一个傻儿子，有啥看头？力民娘指了指客厅北边隔出来的小半间房子说，跟猪窝差不多。

小陈进去打开灯。屋里空间小，显得很挤，但并不乱。一张床占了大半个房间，床头两个大纸箱子，摞在一个板凳

斑马，斑马

上。沈现场随手掀起枕头，发现有两件女人的内衣，短裤和胸罩都带着蕾丝花边，很精致。沈现场示意小陈将它们收起来。

出了门，沈现场让小陈先去和韩文会合，带着那两件内衣去让李莉和朱文雯的家人辨认，尤其是朱文雯的家人。李莉的可能性不大，失踪时她不可能穿着两套内衣。

沈现场想再走访一下力民的邻居，走了三家，才见到一个胖嫂。

胖嫂的男人在南方打工，她留在家里给两个上学的孩子做饭。说起力民，胖嫂气得直骂，那个死傻子哦，还不如当年淹死了，他爸他妈受罪不说，还祸害邻居。

沈现场就问，怎么祸害邻居？

要搁过去，判他都不亏。流氓！胖嫂还骂，我都没脸讲。

沈现场知道有料，耐心地等她平静下来。

他不回来还好，他一回来就把左邻右舍弄得鸡飞狗跳的。也就这几年，力民开始不学好，偷看女人上厕所。肯定是在外面跟那些坏男人学的。我们老了还没啥，他还偷看人家未出门的大姑娘……

哪个大姑娘？沈现场问。

胖嫂想了想，中学的呗。

动没动手？

他敢！胖嫂威武地喊了一声，好像力民就在他们面前。

从没动过？

好像还没听说他动过谁，胖嫂说。他不傻，犯法的事，不敢。

等到天黑，韩文他们才回来。朱文雯的家人看到衣服就哭起来，以为跟李莉一样，孩子肯定是死了，只找回了几件内衣。好说歹说劝住他们，让他们仔细看看，那几件衣服是不是女儿的。可谁也确定不了，现在的孩子根本不让父母帮他们买衣服，更何况是内衣。再加上老是住在学校里，朱文雯有什么内衣他们根本不清楚。

老贺进来上菜，韩文警惕地停下来。

老贺不像个生意人，几乎不与客人说话。你来你走，随便，像是一点儿也不稀罕你。沈现场喜欢和老贺这样的人打交道，没人老是追着打听案件的进展情况，专案组的人省心。有时候，等上菜的空隙，沈现场也会替老贺担心，毕竟是生意，老贺这个样子，怎么留得住客人啊？不过，老贺窗口前的长队，又让沈现场的担心显得那么多余。有一天，沈现场无聊，问老贺对学校治安情况的看法。老贺停下手里的活，认真地说，学校离街太近，不好。我在这儿上学时就听说过街上的赖皮钻过女生宿舍。老贺四十七八岁，他上中学那阵儿应该是20世纪80年代初。

老贺可能意识到自己妨碍人家说事了，放下菜转身就要走。沈现场像是突然想起来什么似的，在后面追问，老贺，你整天在校园里，没发现什么……

沈现场在想该怎么表达，韩文接过来，比如谁谁最近突然外出。

　　　　　　　　　　　　斑马，斑马

老贺转过身子看着他们，我知道，你们的意思我知道……

老贺，你见天忙得跟过年一样，连出食堂大门的时间都没有，你知道啥啊？别站在那儿碍人家的事儿，赶紧剥几个蒜瓣递过来。给老贺帮忙的老周在外面催他。老周是老贺的表弟，两口子都在这儿帮忙。

老贺抱歉地向他们笑笑，我们这活儿，你们也都看到了，不累人，但牵绊人，从早到晚，还真是没个出门的时间……

忙你的去吧，韩文不耐烦地摆摆手。

老贺是淮河南岸的，孤儿，跟着他叔。这样的身世，从小就养成了有眼色、勤快的特质。他叔当了校长，他自然成了学校的勤杂工。起初在学校打铃，20世纪80年代，那可是个体面的工作。他叔退休，谁跟一个孤儿过不去？老贺就一直在学校里干着。媳妇就是那段时间跑来的，没花老贺一分钱，又年轻又漂亮，据说是来给弟弟送粮食时相上老贺的。后来她自己说，看老贺整天穿着件食堂里的白大褂，还以为他是正在做实验的物理老师或化学老师呢，要知道他只是个校工，哪会嫁他？有一阵子，老贺染上了赌博的恶习，打罢下课铃，就到大门口看人家猜瓜子。也就十分钟的工夫，输了一千块。那时候他的工资才六十多，一千块钱得他不吃不喝攒两年。媳妇一气之下跑了。后来，学校食堂承包，老贺顺理成章地成了老板，日子竟然越过越有味，今儿一个寡妇，明儿不知道又从哪儿捡回来个大姑娘，似乎从来就没缺过女人。但有一点老贺十分坚定，他不想再结婚。

从老贺那儿出来，大家都到办公室里守着，等着看学校下晚自习后的情况。

沈现场没事，打开微信，点了接受蔡园"添加为好友"的请求。

不一会儿，蔡园发过来一个笑脸。

沈现场正在考虑怎么回复，对方又问了句，去调查力民了？

沈现场也发了个笑脸过去。

哈，忘了，你们在办案。不问了。

嗯，沈现场表示认同。

力民其实很正常。

为什么这么说？

男人骨子里不都那样？情急之下，连掩饰都免了。

也是。沈现场略显尴尬，好在对方看不到他。

他第一次看到成熟女人的身体，是三年前。

你怎么这么清楚？沈现场问。

记者嘛。蔡园接着讲，大概就是三年前，力民爬树摘柿子，不经意间看到后院女邻居脱裤子如厕的全过程。那可能是他第一次看到异性的裸体，据说他当时看傻了，一下子从树上摔下来。

怎么不说话？你也傻了？蔡园问。

沈现场的笑吸引了韩文，韩文凑过来。什么好事啊？

沈现场身子一趔，躲开了。朋友讲了一个笑话。

讲来听听呗，韩文紧追不放。

去去，没看到我正忙。沈现场顾不上理他。

肯定是女朋友，韩文说。你可是结了婚啊，再拈花惹草就是违纪。

沈现场把凳子挪到一边，继续和蔡园聊天。你可真够敬业啊，工作做得这么细。

对于成年的力民来说，那个女人的裸体就像一根火柴，一下子就点亮了他。

嗯，不愧是记者。沈现场由衷地表扬她。

知道不，其实我从小的梦想是当警察。警察多威风啊！

我的理想是当个记者，沈现场半真半假地说。记者多牛啊，去哪儿都是大爷。

说正事，蔡园发来一个敲打他的微信表情。

嗯，明白，好多人都有警察情结。

也不是什么情结，是因为一件事。

什么事？

上小学时，我们班里有个同学的笔丢了。笔很贵，同学的爸爸又是乡长，警察都来帮忙找了……

你上小学是什么年代啊，警察为了一支笔大动干戈？

我还没说完呢。当时不是小嘛，把保安错当成警察了。折腾来折腾去，笔没找到。保安在班上威胁偷笔的人赶紧主动站出来，说他已经知道是谁了。我莫名其妙地紧张起来，脸也红了。荒唐的是，保安竟然以此为由说我是小偷，没偷为什么脸红？有口难辩啊。

幸亏是保安，不是真警察。

什么素质啊！

你想当警察报复？

报复？找谁报复？我想当警察是想主持正义，主持公道。

后来怎么没当？

体检没过关。

没过关就对了，当记者多好，想写谁写谁。

不跟你说了，素质低。

哈，开玩笑，别生气。

我就那么狭隘？

说真的，当警察真不值得。你看我，半夜还守在这儿，有家不能回。

蔡园发来一个大拇指表示赞扬，我现在还是羡慕你们警察。

考上大学的时候，我是我们村的骄傲。穿上威风凛凛的警服，我是我同学、朋友的骄傲。现在呢，警察算什么？外面局长、大款一抓一大把。同学、朋友谁还稀罕我？我把他们都得罪完了。

为什么？

为什么？接到任务去抓赌，现场有同学你要我怎么办？朋友来为亲戚打架说情你要我怎么办……上次我抓坏人受了点外伤，住了几天院，去看我的同学、朋友十分之一都不到。

我心里那个凉啊！你说，我到底图啥？还落下一身病。

别想那么多，人家那是不知道。说说你都落下什么病了？

胃病。

哈，十人九胃。

不是，我的胃病很严重。有一段时间，我心里充满了恐惧，老怕自己活不长了，想趁着身体还行，做点大事，比如破个大案，上上《人民日报》《新闻联播》之类的。

蔡园发来一个笑脸。

不过，有时候我又安慰自己，哪个人都一样，谁没有个小病小灾的？

对，都一样。沈队长，我能不能对你做个专访？

不中。绝对不中。

怎么了，又是纪律？

不是，这样不好。

沈队长，这就是你的不对了。你身上有正能量，就应该争取一切机会让它发扬光大，影响周围的人。才美不外见，并不是美德，其实是对歪风邪气的一种放纵，不负责任。

沈现场仿佛看到了蔡园一脸严肃的样子。你这一说，我罪大了？

嗯，自己想吧。

我答应你。不过，得等到这案子破了以后。

嗯，我相信你们很快就能破案。

九点半，晚自习结束，学生们出了教室就朝住室跑。沈现场问隗副校长，以前班主任也都这样守在教室门前不让学生拐弯？

隗副校长被问住了。沈现场提醒他，要是因为学校的配合问题耽误了破案，你们可是得负责任啊。

嗯。隗副校长清了清嗓子，出了事之后，我们要求所有班主任下晚自习后都要到住室清点人数。亡羊补牢，还不晚……

也就是说，如果没有老师在这儿守着，学生即使夜不归宿也没人知道。韩文没有问身边的隗副校长，像是在自言自语。

四

沈现场天不亮就醒了，拉肚子。他怀疑是老贺的饭菜不卫生，可为什么其他人都没事呢？

学校里有床没被子，专案组只好在镇上找了家旅馆。旅馆很小，也很简陋，床上只有一条毛巾被。沈现场跟老板开玩笑，我昨晚着凉了，你们旅馆得包赔。老板笑，包赔包赔，您是要毛毯包还是薄被子包？

嗓子也疼，估计是咽炎犯了。每年夏秋之交，沈现场的咽炎都会犯，嗓子里老感觉有痰。

局长带着黄队长赶来时，他们刚刚吃过早餐。

碰头会就在沈现场和小陈的房间开。韩文和沈现场将这两天的工作做了详细汇报，班主任和任课老师那儿没什么进

　　　　　　　　　　斑马，斑马

展，但校外的力民有重大嫌疑，这条线还有待于进一步侦查。局长照例是一番表扬，肯定了大家的成绩，让大家都要注意身体。他还特地瞄了沈现场一眼，可不能倒下了，还指望你破案呢。沈现场想到昨晚和蔡园的聊天，做警察真倒霉，连得病的时间都没有。

黄队长让沈现场说一下他们下一步的工作思路。

沈现场说，学校这一块我们并没有真正发动起来。我分析，可能是因为有些较敏感的情况女生不愿跟男警察讲，局里可不可以增派一个女警察过来协助工作？

可以，我等会儿就落实，争取上午到岗。局长当即拍板。

其他呢？黄队长追问。

韩文清了清嗓子，说，力民这条线索虽然与咱们最初的思路不太一致，但应该重视。我有一个想法还没来得及跟现场沟通，咱们是不是可以和力民正面接触一下？

你的意思是去郑州，把他弄回来？黄队长问。

把他弄回来不合适吧？沈现场惴惴地问。去年一个警察看不惯嫌疑人的嚣张气焰，上去踢了对方两脚。嫌疑人出来后就在网上举报警察打人，还发了几张身上有瘀青痕迹的照片，引来很多记者关注。局里很是被动，不得不免了一个主管副局长。这两年，不断有警察违纪的新闻出现，各级公安部门都谨慎起来。

目前条件还不成熟。局长转身征询黄队长的意见，你看这样可以不，现场去郑州见见力民，但不能采取任何措施。

没有证据，就是傻子我们也不能动。

不怕打草惊蛇？黄队长怯怯地问。

他要真是蛇，我们不打草他也会惊的。沈现场喝了口白开水，见了力民，我们心里也好对他的精神状况有所判断。还有，他屋里那几件内衣的来源，越早落实越好。

局长说，就按现场的意见办。

韩文说，郑州还是我去吧，现场这两天身体不舒服，让他在家里歇歇。

好，局长站起来，马上出发。记住，随时与专案组保持联系，发现可疑情况及时汇报。

哼，在家里歇歇？说得怪好，哪里歇得了？沈现场有些后悔没有和韩文争。力民本来是他摸到的线索，去郑州再没有比他更合适的人选了。这下好了，真要是力民作的案，头功肯定会被韩文抢走。黄队升副局长，韩文接着升大队长无疑。他沈现场可能也会落到一些虚空的荣誉、嘉奖，说不定还会有奖金。不过，那都是眼前的实惠，升到副科才是一劳永逸的事。

去学校的路上，沈现场趁空给老婆打了个电话。吃饭没有？宝宝上学了？这两天还忙吗？本来还想嘱咐她注意季节的变化，多穿点衣服，防止感冒。到底还是没有说出口。倒不是因为小陈在身边，主要是不习惯这种关心。话说到最后，听筒里的静默有点沉闷，沈现场只好主动挂了。

嗓子越来越疼了，沈现场不想再说话，在纸上写字指挥小陈四处转转，找老师们再聊聊，尤其是班主任。局长增派的女警察也到了，沈现场让她逐一找李莉和朱文雯的同班女生谈话，看能不能捞到点有用的东西。

大半个上午都在蹲厕所。十点多，沈现场听到隔壁厕所有两个男生在聊天。体育课，他们中途溜号了。一个男声粗着嗓子说，报数的时候你一直盯着人家王青青看，是吧？

哪呀，我那会儿大脑短路了。另一个男生狡辩。

骗谁啊，没上学的小孩也知道21后面是22啊。粗嗓子男生不相信。

我也不知道当时在想什么。

别装了，我们都看到了，大头也看到了，说你肯定是看呆了。粗嗓子压低声音，王青青的屁股就是好看，又圆又翘的。

对了，你说，王青青会不会也要转学？

粗嗓子问，为什么？王青青又不漂亮。

沈现场屏息静气，生怕打断了他们的对话。学校统计了一下，朱文雯失踪之后，总共有十一个女生转学走了。沈现场怀疑不止这个数，学校可能打了埋伏。

停了一会儿，粗嗓子又问。你说，王青青要是不转学的话，会不会也会失踪？

朱文雯说不定是去找李莉了。

去哪儿找？警察都……

可能是另一个男生指了指这边的男教师厕所，两个男生的对话突然听不到了。

熬到午饭后，沈现场留下小陈和女警察，自己回旅馆休

无花果

息。蔡园发来一段语音，说领导找她谈话了，想让她到沈现场的县城当记者站站长。沈现场打了两个字，祝贺！蔡园又发来一段语言，你不知道，好多人都争着下去当站长。微信的这个功能很强大，音质也好，不用再打字，用起来也方便。但沈现场还是打字，咽炎犯了，嗓子痛，说不了话。更重要的原因沈现场没说，他不喜欢对着手机说话，总有种被现实压着的感觉。还是打字有意思，脱离了自然人的印痕，双方更自由更自在，甚至肆无忌惮。蔡园说，你泡点苦丁茶，放一点蜂蜜。我爸也有咽炎，苦丁茶效果好。

旅馆老板热情，说蜂蜜家里就有，不用买。苦丁茶超市应该也有，不等沈现场答应，就差孩子去买了来。

喝了几杯，果然好些了。到了晚饭后，说话竟然也不觉得难了。

这个时候，沈现场才看到老婆的短信。苦丁茶配蜂蜜，治咽炎偏方。记住，蜂蜜要等茶凉些再放。水太热，没效。

沈现场心里一热，情绪好多了。

睡了一觉醒来，沈现场发现小陈已经从学校回来。晚上十点多了，微信上有蔡园的问候，大英雄，好些了吗？

沈现场回，还真管用，好多了，谢谢大记者！

过了十几分钟，蔡园才回复。哈，咱们这是怎么了，互相吹起来了。

真是惭愧，我连英雄的边都沾不上。说真的，老觉得自己挺失败的。工作吧，没人家出色。为人吧，没人家灵光。

要求太高吧，你还不算英雄？唉，我明白，你这是骨子里的自卑情绪作怪。

我承认。还有家庭，连家庭都搞不好，你说，我算什么男人？不自卑才怪呢。

怎么了，有小三了？蔡园在后面加了个鬼脸。

你看我像有小三的人吗？我又不是成功人士。

成功人士就应该有小三？

沈现场老老实实地说，老婆和我总像是没话。你说，她为什么跟电脑里的人有那么多的话？

你老婆有外遇？

还没那么严重。说的是实话，今年七八月份，沈现场偶然发现老婆喜欢和一个网友聊天，有时候能聊到大半夜。

你怎么知道她是在聊天？

我是警察啊。沈现场承认自己偷看过老婆的聊天记录，虽不是谈情说爱，但着实暧昧。

既然没有那么严重，你争取挽救她啊。

怎么挽救？

和她谈谈。

她根本不想和我说话。

换换方式嘛。

我试过，不行。

网上呢？你也在网上跟她聊。她为什么宁愿生活在网络里？说明虚幻的东西还是让她存有希望。

嗯，你说得对。我的世界太现实，现实得让人想逃离。

那就在网络上试着跟她沟通。

恐怕不中。她一看是我，肯定不会说真心话。

笨，你不会装成陌生人？

有道理。沈现场看着手机，心想，我怎么没想到这点呢？

你装成陌生人，探探她是怎么想的。

沈现场急不可耐地跟蔡园说了声再见就退出了微信。老婆的QQ号他知道，他只需重新注册一个新QQ号就行了。

沈队长还不睡啊？小陈提醒他，都十一点多了，熬夜对嗓子不好。

没事，我嗓子好了。你先睡吧。

沈现场忙着跟老婆搭讪，果儿这名字很文艺啊。

没人应。沈现场洗澡回来才看到老婆的回话，你是男人吧？你是第二个说我文艺的男人。

第一个是谁？沈现场问。他不确定老婆说的第一个是不是他，结婚之前他经常说她很有文艺范儿。

她说，对不起，该休息了。改天聊。

老婆的头像突然黑了。沈现场有些失落，她连提都不愿提我，真是嫌恶到了极点？

五

周末，平日里喧闹的沿淮中学突然安静了下来。沈现场

　　　　　　　　　　　　斑马，斑马

带着小陈转了一圈，老师们有一部分进城了，余下的这儿一桌斗地主那儿一桌摸麻将。看到沈现场他们，也不避，还招手问沈现场玩不玩。

沈现场给隗副校长打电话，隗副校长讨好地问，沈队长，周末你们也不休息啊？

我也想休息，案子不破哪有心思？这话沈现场没给隗副校长说，说了也白搭。他反问，你在学校？

在家里种麦哩，这两天墒好。

你还有地？沈现场的语气淡下来。怪不得他像个农民，人家还真干着农民的活。

都是农村出来的人，农忙的时候还不得照应照应？

那……沈现场突然觉得有些讲不出口，学校里有赌博的你知道不？

倒碗茶过来。隗副校长可能正在地里，渴了。沈队长，那也叫赌博？乡下没有什么娱乐，老师们打发时间。

沈现场没再说什么。

食堂大门紧闭，沈现场正担心老贺不开伙呢，黄队长打电话让回局里，下午两点临时开个碰头会。沈现场猜，可能是韩文回来了。力民也带回来了？

回到家，老婆已做好饭，像是在等他回来开饭。女儿跑过来，拿着朵红花让他看。爸爸爸爸，我最听老师的话了。

沈现场抱起她，听不听妈妈的话？

也听妈妈的，女儿说，爸爸的话也听。

老婆给他盛碗饭递过来，并没问他为什么几天没回来。警察家属嘛，知道好多任务是谁都不能说的。但直到吃完饭，老婆也没有跟他说过一句话。他心里突然酸溜溜的，昨天她还和那个叫暖男的男人聊过天。对着一个陌生人那么多话，为什么跟他就没有一句话呢？

吃完饭，女儿殷勤地给他端来一盘无花果。沈现场拈了一个放进嘴里，女儿不满意，小手又拿了一个朝他嘴里喂。同时，压低声音神秘地说，妈妈让我给你拿的。

把女儿揽进怀里之前，沈现场愣了好大一会儿。

真甜！沈现场自己拈了一个塞进嘴里。昨晚他还觉得无花果这东西叫水果有些名不副实，水分少不说，还不脆，软不拉叽的，缺少口感。这一段沈现场在老贺的食堂里没少吃无花果，也许是吃多了，腻了。老贺的院子里有棵无花果树，年年结的果都多，今年更甚，吃不及。沈现场知道老贺在学校西南角的房子，没进去过。隗副校长介绍说，那儿原先是学校的旧水房，老贺除了打铃、发电之外还兼职抽水。后来有了电铃，有了自来水，学校用电也升格成了一级，勤杂工老贺就失业了。水房那儿因为低洼潮湿，老师们都嫌阴气太重，就给了老贺。

巧的是，昨晚他和老婆还聊到了无花果。不过，是在 QQ 里。

为什么叫果儿？沈现场当时问。

你为什么叫暖男？老婆反问。

男人可都是喜欢花儿的，沈现场提醒她。

斑马，斑马

那又怎么样，谁说女人非得迎合男人？

沈现场略感安慰。

还是果儿实惠。老婆解释，花儿终究是为了果儿。

沈现场来劲了，没有花儿哪来的果儿？

你怎么跟我老公一个样？一根筋。无花果有花儿吗？

沈现场想了想，还真是。他好像一直不喜欢从众，人家说什么他总想驳一下，习惯了。

唉，我问你，你们男人是不是都只喜欢花儿？

不是，我就喜欢果儿。沈现场对着手机笑，自觉还算幽默。

说正经的，果儿不接他的话。

我爱你，果儿。像是当着老婆的面，发出这五个字让沈现场积攒了足够多的勇气。他的心咚咚地跳。好长时间没跟老婆这么温存地说话了，上一次好像还是在追她的时候吧？

再胡说我下了？果儿像是真生气了。

沈现场对老婆的表现很满意。果儿，我能不能去见你？

不可能！老婆斩钉截铁。

沈现场不死心，咱们就不能开出点花儿？

开什么花儿？狗尾巴花儿？女儿在叫我，88（再见）。

女儿过来跟他道别，爸爸，我们去书店买书，你跟我们一起不？

沈现场看看表，一点半，来不及了。

老婆站在门口说，我带她去看看，你在家里歇着吧。

我换件衣服，一会儿送你们过去。沈现场朝行李箱里胡乱塞了几件衣服，跟着他们下楼。正好顺路，还有时间送她们到书店。

果然，是韩文他们赶回来了。局长关切地问他吃饭了没，韩文说不急，会开完了再吃也不晚。沈现场暗自提醒自己，这也是一招，工作要废寝忘食，但更重要的是，得让领导知道。

局长让韩文先跟大家介绍他们跟力民见面的情况。

韩文他们在郑州找到力民的工地时，工人们正围在地上吃午饭。等力民吃完饭，韩文过去说要和他谈谈。力民的姨夫看势头不对，冲过来推了韩文一把。你们干啥啊，欺负一个傻子。力民不乐意了，姨夫，你咋老说我是傻子？我干活比你有劲，我傻啊？

韩文想笑没笑出来。他挺失望的，还真是个傻子。

韩文跟着力民的姨夫到了工人们的住处，他们就住在在建的大楼一楼。老远就闻到一股浓烈的尿骚味，房子还没有交工，没有厕所，工人们肯定都是就近解决。住的倒是宽敞，力民跟他姨夫一大间。撩开蚊帐，韩文才发现床是几块竹笆拼成的，床上一览无余，一个光席，一床被单。房角里有个蛇皮袋子，上面零乱地堆着他们从来就没好好叠过的衣服。

有前科没？韩文问。

钱科？力民努力掩饰自己的无知，钱不多，我姨夫都帮我存着。他说等攒够了，就给我娶媳妇。

两个警察扑哧笑了。韩文绷着脸，示意他们把从他家里枕头下搜出来的内衣拿出来。

　　　　　　　　　　　　斑马，斑马

力民上来就抢，两个警察干净利索地扭住他的胳膊。

从哪儿来的？韩文问。

捡的。

捡的？哪儿捡的？看来，这力民并不傻，还知道说捡的。

学校。力民脸涨得通红，想直起身子。

哪个学校？

中学，还能哪个学校？力民对他们的智商极为不满，傻子，你们才是傻子！

两个警察又忍不住笑了。

放开他。韩文说，吴力民，知道学校有两个女学生不见了吗？

知道。力民活动了一下胳膊，不屑地说，谁不知道？！

知道她们……韩文被力民那个认真样给镇住了，不知道该怎么问下去。知道是谁干的不？

知道。

谁？韩文一惊，示意放开他。是谁？

还能有谁？力民努力仰起头，一副什么都知道的样子。坏人呗。

等众人停住笑，局长说，看来，这吴力民的可能性不大。

黄队长汇总了各方面的进展情况，到下游摸排的警察没有发现溺水而亡的尸体，增派去的女警察也没找到什么有价值的线索。

沈现场听完韩文的汇报有些兴奋，继而开始失落。他检讨说，也许是我们的工作方式不对头，比如发动师生提供破案线索这方面。

黄队长问，你是说我们应该有奖征集线索？

也不全是。初中生吧，对警察还是很畏惧的。我在想，回去后咱是不是搞个线索举报箱挂在校园里，让他们不用面对我们是不是更好一些？

局长点头，嗯，方法很重要。

方法很重要。韩文重复了一遍局长的话，对吴力民的侦查，我们也想换种方式。

大家都等着韩文的妙招。

我觉得吴力民的嫌疑并没有完全排除。韩文不急不缓地陈述自己的观点，前天我特别注意到他脸上一块红红的嫩肉，那是受过伤之后结过痂的痕迹。我问过外科医生，医生说没有经过伏天的外伤都那样，太阳一晒，格外红。算起来，那伤应该是夏天之前。当然，也有可能是巧合，但万一不是巧合呢？更何况那些内衣，现在还不能排除不是朱文雯的。

韩文，局长说，你是说他脸上的伤有可能是李莉与他搏斗时留下的？

目前还不确定，有待进一步侦查。韩文谦虚地说，我只是推测。

沈现场不同意，根据刚才韩文介绍的情况，吴力民即便不是傻子，智商也不会高到哪儿了。这样的人如果真犯下什么事的话，是藏不住的。就拿他偷看女人上厕所来说吧，他那也叫偷？根本都没有任何掩饰。还有，那么大的两个活人，就他那种脑子，没留下一点破绽不太可能。

我不相信一切逻辑上的推断，我就相信事实。不要忘了，有很多犯罪都是应激的，没有人是为犯罪而生的。韩文针锋相对，但又不无道理。吴力民有没有可能在装傻？他有杀人动机，至于他怎么处理的尸体，我们要是知道了，就不用费这个劲在这儿开会了。

沈现场想问他事实在哪儿，可他忍了。再问，火药味就加重了。他得学学对方，不露声色，暗中使劲。

局长最后指示说，力民这个线索还盯着，郑州和沿淮都不能松。同时，继续认真摸排，争取找到新的突破口。

回沿淮的路上，小陈说，沈队长，凭直觉，力民跟失踪案关系不大。

马后炮，开会的时候你怎么不说？好好开车。跟你说多少次了，别老是凭直觉凭直觉。你是个警察，不怕人家笑？还有，关系不大是什么意思？有关系就是有关系，没关系就是没关系，什么叫关系不大？沈现场这会儿正烦，黄队长最后撇开他沈现场，单单提到韩文的名字说，可不能让我食言啊。沈现场担心，在领导心里面，韩文比他更有能力。

六

这是立案之后第十七天的早晨。

沈现场赶到力民家时，门口已挤满了围观的人。大门口拉起了警戒线，韩文的人都在屋里忙活。这韩文也太过分了，要不是小陈跟他说，这会儿沈现场还在学校瞎排查呢。也不能怪人家，谁让他沈现场没有能力，找不到破案的线索呢。看到沈现场过来，韩文还得意地笑了一下。那表情，分明是，怎么样，我的判断没错吧？

小黑屋里的床被抬了出来，韩文指着床下的地洞给沈现场介绍，这里平时被一块放鞋的木板遮着。沈现场真想抽自己一耳光，之前只有他和小陈来过这里，竟然没有检查一下床底。

两个女孩儿都光着身子，用铁链锁着。韩文俨然现场的指挥官，一会儿让女警察找件衣服给两个女孩儿穿上，一会儿打电话向局长报喜，案子破了，人也抓住了。沈现场像一个围观者，不知道该做些什么。

蔡园也赶来了，忙着拍照、记录，一瞅到韩文有空就开始采访。沈现场远远地看着她，眼泪竟然莫名其妙地落了下来……

沈队长，韩队长他们在楼下等咱们吃饭呢。小陈叫醒沈现场。

沈现场揉揉眼睛，小陈穿戴整齐地坐在对面床上。

你该早点叫我。要搁往常，沈现场不会这么轻柔。你先下去吧，让他们别等我了。

尽管是梦，沈现场还是有点不放心。早饭过后，他带着小陈朝力民家赶。

　　沿淮逢集，街上人拥挤不动。原来的老街是两排房子中间的一条小柏油路，十多年前废了，挪到老街后面的一条河汊子边上。沿淮是全县最大的集市之一，这里一向有种大蒜和生姜的传统，来沿淮贩农产品的商贩异常活跃。虽说这几年农民都出去打工了，种这种费力不讨好的东西的人少了，但集市依然很活跃。沿淮人不差钱，离城市又远，好不容易逢个集，十里八乡的都会来街上凑个热闹。新街就这样逼仄起来。

　　刚从人堆里挤出来，小陈就被一个矮个子中年男人拉住：警察同志，我的猪跑了……

　　矮个子男人是淮河南岸的，开一辆破轻型货车去北面的上蔡县给侄子下定物。侄子在南方打工，跟同厂的一个女工友好上了。反正老家相距不远，双方家里都很支持。上蔡的规矩很有趣，男方需送过去一头猪，活猪。车过沿淮大桥，矮个子男人停下车和熟人闲扯，箍着车后厢挡板的铁丝不知什么时候挣断了，猪跳了下来。叔侄俩起初并没太当回事，没想到逢集人这么多，猪很快钻进人海不见了。两个人正发愁，突然看到了警察。

　　沈现场觉得太滑稽，简直有点像喜剧电影里的情节。但他没敢笑，去哪儿找哟，街上跟看戏一样。他给镇派出所打了个电话，让他们派两个协警过来。小陈忍不住好奇，跟那小伙子打听为什么非要送猪，送牛不中吗？牛可是要贵得多，这猪要是真找不回来了，是不是非得再买一头补上？

协警赶到，沈现场示意小陈抓紧时间办正事。小陈有些不舍，就像一个戏看到一半却被人叫走的观众，很不情愿。

力民家的床底下没有木板，地面虽没有用水泥或砖块硬化，但也早已板结。地上除了几双鞋和十几个空酒瓶，什么遮拦都没有，更不可能有地洞。沈现场吸取了教训，两间屋子都仔细检查了一遍，连厨房都没放过。

出门的时候，沈现场长长地舒了一口气。失踪案也是他的机会，绝不能让韩文抢了头功。他一个南阳的同学已经做到副局长了，自己还是个说不出口的刑警队中队长，再开同学会还有脸参加？

晚上回旅馆的路上，小陈说，沈队长，猪找到了。

没头没尾的，什么猪找到了？沈现场没理他，他的心思还在案子上。

小陈倒是很兴奋，你猜在哪儿找到的？

沈现场想起上午出门时碰到的那叔侄俩，找到了？

找到了。小陈对那头猪的命运似乎特别上心，饶有兴致地讲起来。派出所的闲人都派了出去，一上午也没找着。还去了几家养猪户，那叔侄俩也拿不准自己的猪啥样——现在谁还养猪，都是从养猪场买回来的。叔侄俩没办法，只好给猪场打电话，准备再买一头。车还没出街呢，那几个协警赶上来，说派出所门口卧着头猪，其中的一条腿上还系着红绸布……

沈现场想，要是所有的犯罪嫌疑人都戴着红绸布多好。

临睡前，他给果儿发了个笑脸。

对方在线，也回了个笑脸。

还没睡？暖男问。

废话。果儿发了个捂着嘴笑的 QQ 表情。

累了一天，腰酸背疼。

果儿问，什么意思，让我给你揉揉？接着，连发了几个拳头过来。

打是亲，骂是爱。暖男说，这几个小拳头，让我想起了恋爱时老婆娇羞地捶我时的感觉，软软的，好舒服。

贱。果儿只发了一个字。

你喜欢我吗？暖男问。

喜欢。

沈现场心里又悲又喜。

别多想，只是喜欢。果儿又说。

那，你喜欢你老公吗？暖男小心地问。

不喜欢。

沈现场的心立刻凉了下去。

老公是用来爱的，喜欢算什么？我老公过去也像你一样，现在他变了，一门心思扑在他的工作、晋升上。

暖男又来劲了，鼓励她，说说你老公，我想听。

你想听我就说啊？变态！果儿骂了一句，可还是说起了他。他吧，可能是工作的原因，看谁都像犯人一样。我都几年没见过他笑了。

对不起，暖男情不自禁地道起歉来。想想，还真是。除

无花果

了笑，自己好久都没夸过人了吧，没陪家人和朋友玩过了……不能把原因归为职业病，人家韩文怎么做得那么好？

对不起？果儿不明就里。

暖男赶紧解释，发错了，对不起。

你还在和其他人聊？

嗯，一个同事。暖男接着问果儿，你希望看他笑？

当然。不过，我都习惯了，笑不笑也无所谓了。跟你说实话吧，他是警察。

沈现场对着手机出神，是得变变了，除了警察，他还有其他身份啊，老公，爸爸，儿子，朋友……

怎么不说话，吓着你了？果儿问。

嗯，有点害怕。警嫂，不敢造次啊。

知道就好，果儿发来一个笑脸。你别笑我，我喜欢跟陌生人说话。在单位还好，一回到家就感觉冷冰冰的。他在家时也是这样，没个说话的人。

沈现场脸红了，突然感觉特别对不起老婆。听你那口气，你还爱他？

当然，我选的老公怎么不爱？换了谁，也没有他这么了解我……

真的？沈现场没有发出这两个字，他有些激动，差一点露馅。

他善良，正义感强，积极向上……反正现在这样的男人不多了。

他是领导？

狗屁！才不稀罕他当什么领导呢，当领导了还不得更忙？什么都不是才好。

他是英雄吧？

嗯，我觉得是。我们这个小地方，很少有穷凶极恶的歹徒，警察没有机会做出什么惊天动地的大事。你说，一年到头能够不分周末不分节假日地工作算不算英雄？

算，当然算了，你老公英雄。暖男发去一个拥抱，你受委屈了，这句话是我替你老公说的。

谢谢！真的谢谢你听我唠叨。

别客气。你跟我讲了这么多，对我也很有益。沈现场完全取代了暖男，发自内心地说。自从有了女儿，他再没有跟老婆这么耐心地聊过天了。

休息吧，太晚了。果儿提醒说。

嗯。你明天试着像对我这样，跟你老公谈谈，或者在你老公进门时先主动给他一个微笑……

其实我也知道他在外面很累的，回来只想放松，可我也不容易啊。人家家里什么事都有男人在外面撑着，我呢，在外面得像个男人，在家里又得像个女人，你说我容易吗？

沈现场擦了一下眼睛，发出一个拥抱的 QQ 表情。辛苦了！

不好意思……

我能理解你的苦衷，沈现场不知道该怎么安慰果儿。

互相理解。太晚了，休息吧。

嗯，互相理解。沈现场盯着手机屏幕，缓缓地打出两个字，晚安。

七

中午，女儿打电话问沈现场，晚上什么时候回家。沈现场突然想起来，今天是女儿的生日。他逗女儿，想爸爸了？女儿奶声奶气地说，想！爸爸想我，我也想爸爸。反正是周末，学生都放假回去了，沈现场狠下心，爸爸晚饭前回去，你想要什么礼物？女儿大人一样回答，妈妈给我买礼物了，爸爸能回来就好了。

下午四点多，去朱文雯家的韩文还没回来。沈现场嘱咐小陈守在办公室里，别等人家来了找不到人，他明天一早过来顶他的班。

出了校门，远远看到一辆红色出租车停在路边。沈现场心里暗喜，正好可以打车回去。沿淮离县城30多公里，很少有出租车来这儿。走近了一看，车里居然没人。他喊了一声，水塘边才缓缓站起来一个中年人，头转过来，身子还有些不舍地对着手里的鱼竿。沈现场走近几步，问对方回不回城。中年人不好意思地说，您还是另找一辆吧，我下午才来，趁着天没黑，想再钓会儿。

坐上公交车，沈现场还在想那个出租车司机，不好好开车，竟然跑来钓鱼。他想象着司机中午出门之前，老婆肯定以为男人在外面奔波挣钱不容易，特意给他做了碗荷包蛋也说不定。这人怎么对得起老婆的那碗荷包蛋啊？

回到城里，沈现场不知道女儿到底喜欢什么样的生日礼物。他小时候喜欢玩具枪、警察的制服，女儿这一代他还真不了解。打电话给老婆，老婆让他去商场买一个毛绒玩具。他问，什么毛绒玩具？老婆可能觉得解释不清，就说，你回来吧，我去替你买。

生日宴设在女儿的姥姥家。兴许是有岳父岳母在场，老婆情绪很好。沈现场愈发惭愧，觉得自己欠他们太多，多到他搭上下辈子也还不清。这个晚上，他是宴席中最卖力的人，忙着摆餐具，忙着唱生日快乐，忙着逗女儿逗老婆开心，忙着收拾残局……补偿，偶尔停下来时他就会想，这是我应该给他们的补偿。

十点，节目完了，都还兴奋着，尤其是沈现场。接到韩文电话的时候，他正在回家的路上，怀里抱着女儿。吴力民回来了。沈现场一惊，问，回沿淮了？那边说，是的。老婆不甘心，在一旁低声问，又有任务？沈现场看了看老婆，对着电话说，我在路上，等会儿给你打回去。

到了家，看到老婆把已经睡着的女儿搁到那间小卧室里，沈现场竟有些不好意思。两个人从女儿房间退出来，像是做了什么对不起女儿的事，都有些无措。老婆先打破沉默，前几天，好说歹说才算和她分了床。末了，又加了句，人家说，

无花果   157

孩子大了不分床不利于小孩的成长。

老婆去洗澡，沈现场趁空给韩文回电话。

力民是夜里到家的。据盯着他的民警介绍，力民在郑州跟人打架了。连续下了几天的雨，工地上没法干活。人一没正事干就容易生事，尤其是精力充沛又无处发泄的农民工。力民跟他的工友们一起上街，看到美女，照例眼睛直着。碰到一个跟他一样的二货，带的女朋友穿着超短裙，上面胸脯挤得高高的，露出一大半。力民自然眼睛更直，口水也配合着，流了出来。二货一看力民那眼神，还有那一身农民工的装扮，上前就给了他一拳。双方打起来，二货哪能占到便宜？不用那些工友，力民自己轻轻松松就伺候好了对方。两个人都被带到派出所，警察看那二货也不是什么好东西，各拘留五天，罚款五百。力民从看守所出来，老板不愿再留他，一个傻子，早晚还会惹事。

沈现场知道韩文重视力民这条线，假意地问，我现在赶回去？韩文说，不用，人再多咱现在也不能控制他，就是想跟你通个气。

沈现场洗完澡出来，女儿搂着她妈妈的脖子正哭呢。老婆拍着她的背，羞不羞啊？咱们前天不是说好了吗，你大了，不能再和妈妈睡了。女儿看看沈现场，停止哭，我爸比我大，他怎么还和妈妈睡？沈现场很尴尬，老婆却早有准备。宝宝，爸爸妈妈是夫妻啊。你看，姥姥和姥爷一起睡，爷爷和奶奶一起睡。女儿问，他们都是夫妻？老婆说，是啊，他们都是夫妻。世上的夫妻都睡在一起。女儿又问，咱们不是夫妻？老婆说，不是，咱们是母女，你是妈妈的宝贝女儿，我是你的妈妈。女儿想了想，我知道了，你是说一个男的一个女的才是夫妻。老婆夸她，宝宝真聪明！女儿又将了妈妈一军，那，我跟爸爸也是夫妻啊。老婆看看沈现场，说，宝宝太小，做夫妻之前必须要先学会自己洗澡，自己穿衣服，自己上学，自己做作业，自己睡觉……等你学会了这些，就算长大了，才可以跟人做夫妻。女儿紧接着问，等我长大了，长到妈妈这样，就可以跟爸爸是夫妻了？老婆无奈地说，嗯，是的。快点长吧。

沈现场心下暗喜。不想，女儿又来了一句，爸爸好不容易回来一次，我想让爸爸搂着我睡。爸爸，好不好？沈现场眼睛投向老婆，求救。女儿再次央求，爸爸明天又要走了，从明天开始，我自己睡觉，自己洗衣服，自己上学，自己做作业，不信你让妈妈看着……

八

国庆节。

沈现场和韩文商量之后，决定让其他警察也休息两天，他们守在学校。

这一天过得很无聊。学校比平常的节假日更安静，学生走了，老师们有的旅游去了，有的回家探亲去了。晚上，沈现场提议喝两杯，让老贺整两个小菜，算在他个人账上。

无花果

韩文一坐下就开始抱怨，以后说什么也不能让儿子当警察！老爷子病几天了，都顾不上回去看。

沈现场想起了蔡园，还有人羡慕咱警察威风呢。

光威风有什么用？一点也不实惠。韩文说，你看人家沿淮的老师，多轻闲，一年还有两个假期。

孩子今后的教育也不愁了，沈现场附和道。

屈起大拇指后，韩文又折起食指，还有医生。人家忙也是有点的啊，哪像咱？再说了，亲戚朋友有个头痛发烧的多方便。

沈现场学韩文，右手把左手的中指屈起来。记者也不赖，无冕之王，到哪儿不都是敬着？

老贺上菜，韩文奇怪，老贺，这么快，你提前准备好了？

老贺嘿嘿笑着，一边从桌子底下摸出两瓶酒。

沈现场向他招手，老贺，来，一块儿喝两杯。

没想到，老贺一点也不客气，一屁股坐下来。

沈现场心里叹了一声，今晚算是躲不开这个老贺了。沈现场本来想趁此机会和韩文好好聊聊的，这一段他心情不错。

酒桌上很热闹，但这种热闹很虚，不交心。沈现场趁机问老贺，街上的人到底怎么搞钱？

老贺看了看沈现场，说他也不清楚。那些事，谁朝外说？

或许是他们的警察身份，老贺说话有点儿吞吞吐吐。镇街一般都是能人聚集的地儿，沿淮也不例外。闹革命那阵，这里搞得最红火，中学校园里至今还埋着的革命烈士田奉先

斑马，斑马

就是一个例子。改革开放后，沿淮更是不甘落后，传言说沿淮街上的人要是兜里没钱了，出去转一圈回来就会盆满钵盈。沿淮镇邮政储蓄银行的效益，从一个侧面说明了沿淮的富裕程度。据说，沿淮镇邮政储蓄银行每年从外面寄回来的钱，比全县其他邮政储蓄银行汇款的总和还要高。有人说沿淮的女人都在外面卖，那是妒忌，是坏沿淮人的名声。卖身的哪儿没有？但毕竟是少数，还是做正事的多。

韩文知道一招，叫数钱。明明看着对方一五一十数给你那么多钱，等回去再数，就少了。

嘁，那一招早过时了。沈现场不屑。

老贺小心地插话，好像，那只是他们十几种搞钱的办法中的一种。

三个人为人家能搞钱唏嘘了一番。

老贺要开第二瓶，被沈现场挡住，不能喝了，有点多。老贺斜着身子躲开沈现场的阻拦，仍旧扭开了瓶子。沈队长，你可没有人家韩队长有战斗力啊！韩文抢过酒瓶，真不能再喝了。我们有纪律，不能喝醉。老贺被韩文的话唬住，只好放下酒瓶。

面条端上来，沈现场突然想起前几天举报箱里收到的有关老贺的纸条，说老贺是流氓，只要有女生买饭，他总是先尽着女生。女生要是略微漂亮些，菜里的肉就给得格外多。那纸条肯定是男生写的，充满了小男生的妒意。还有个学生，在纸条上说像老贺这种流氓犯，手脚不老实，公安局早该把他抓起来，杀掉。小孩子的话，往往轻重不分，沈现场他们并没当真。别说老贺，哪个男人没有色心？只是大多没有那个色胆。有一次开饭时，沈现场特地站在食堂里看了看，老贺的窗口果然女生最多。私下里他也访问了其他几家窗口，他们都直言不喜欢女生，女生饭量小，还不舍得吃好的。

老贺，都说女生的饭不挣钱，你为什么就喜欢做女生的生意？沈现场装出醉意，问。

问题太突兀，老贺愣了一下，很快又平静下来。总得有人卖给她们吧？

哈，老贺风格挺高的啊。韩文笑。

老贺，可不敢起坏心思啊！沈现场也调笑起来。

老贺又是一怔，看看沈现场，又看看韩文。

心虚了吧？韩文笑得更厉害了。

老贺搓搓手，也跟着嘿嘿地笑起来。

沈现场替他拐弯，老贺，你说力民傻不傻？

老贺拣一筷子茄子条塞进嘴里，像是掩饰方才的尴尬，又像是在思考沈现场的问题。他傻？他能着呢。傻他咋不偷看他妈解手？傻他挣的钱咋都拿回去给他妈，不给旁人？

送他们出门的时候，老贺哈着酒气凑过来说，那天我在学校碰到过力民。

哪天？韩文警惕地问。

9月6号。

再具体点，想得起来不？老韩他们对这个日子敏感，那是朱文雯失踪的时间。

老贺说，好像是下罢晚自习。

回到旅馆，沈现场从下面的小卖部买了一瓶酒、两袋花生米，来到韩文的房间。韩文笑，还没过瘾？沈现场说，不喝就不喝，喝得不过瘾还不是钝刀杀人？

一瓶酒喝完，沈现场躺在韩文屋里赖着不走。韩文红着脸，问，现场，知道我为啥受处分不？

韩文主动提到这个问题，沈现场也不回避。谁不知道？男人嘛，偶尔花一下，别过分就行。

韩文顺势躺下来，没说话。

也别太当回事，不就是一个女人嘛。沈现场安慰他。

韩文看着天花板，懒洋洋地说，你一直这样看我，对吧？

怎么看？沈现场不明白韩文的意思。

韩文坐起来，看着沈现场。你也是警察，不会不清楚生铁铺当时的情况吧？

生铁铺谁不知道，多远的人都跑那儿吃饭。吸引人的不是吃的，是饭店里的小姑娘。

那儿比咱想象的要严重得多。韩文接着说，去那儿当所长之前，黄化杰亲自找我谈话，说他看好我，让我在那儿锻炼一两年，到时候回城好堵别人的口。我能听不出来局长的音？唉，我那时还是年轻了，根本没有领会领导话里的含义。去那儿之后，我决心大干一场，做出点成绩。第一个月，我就关停了三家饭店。

开饭店的人有后台？沈现场问。生铁铺一个小集镇，能吸引几百公里之外的人去那儿吃饭，靠的就是那上百家饭店。几乎每一家饭店都有小姐，比着看谁家的小姐漂亮、年龄小。

对，有后台。韩文倒了两杯水，一杯递给沈现场。两个月之后我才知道，我之前的所长一直在为他们养奸。当地群众见了我们派出所的警察，当面就敢骂我们是戴执照的流氓！

派出所所长养奸？

嗯。你猜后台是谁？

谁？

黄化杰。

黄化杰是公安局上一任局长，不久前才因盗墓贼牵出他的腐败案，判了十年。

黄化杰见我不上套，开始整我。这个人太狡猾了，当面还是跟我很亲热，背后却找人查我的账。没查出问题，他不甘心，买通小姐晚上到我办公室，然后诬陷我招嫖。好在组织最后证明了我的清白，可黄化杰借我正在接受调查的由头，免了我的职务。

沈现场不知道该怎么安慰他，重新躺回到床上。

我也三十大几了——我比你大有五岁吧？韩文问。

不到五岁，四年零六个月。沈现场记得他是属蛇的。

你说，像咱这个年龄的人什么最重要？还不是家和自己的身体？工作当然也重要，咱们首先得对得起咱拿的工资，是吧？那些名啊、利啊，要是还放不下，就是不成熟。

　　　　　　　　　　　　　斑马，斑马

沈现场点点头，怕他看不到，又嗯了一声，算是回应。

我现在什么也不想，有空了陪陪儿子陪陪老婆，上班时做个称职的小警察，只要不昧良心，谁我也不巴结。我没想法，巴结他们干吗？

老韩，早点睡。沈现场告辞。

怎么，一会儿工夫我就成老韩了？韩文坐起来送他。

你比我大五岁呗，沈现场有些不好意思。老韩，还记得上次咱在老贺那儿吃饭时他欲言又止的样子吗？

韩文拍拍他的肩膀，能理解！咱们一拍屁股走了，人家可是走不了的主。

我不是这个意思。刚才我趁着酒意又偷偷地问了他一次，老贺说有个老师的儿子，叫刘新圆，朱文雯的家人来学校找人之后，他突然就不见了。本来沈现场不想让韩文知道的，自己带着小陈偷偷地去侦查就行了。听了韩文的一番表白，他觉得自己真是太龌龊太势利了，错怪了人家。

韩文不热心，你和小陈明天摸摸吧。

好，明天我们去摸摸这个人。沈现场讨好地说，刚才老贺说要骑摩托送咱，让我突然想到一个抓捕力民的好办法。

说来听听，韩文对力民感兴趣。

力民不是爱喝酒吗？咱让人盯着他，趁他哪天喝酒骑摩托，咱抓他个酒驾现行，再趁机敲打他，说不定还真能查出点什么呢。沈现场这话说得有点违心，他一点儿也不看好力民这条线，韩文热心，他只是想帮他。

我怎么没想到这点呢？韩文笑了。

沈现场下楼为韩文提了一瓶开水上来。

酒闹人，沈现场也睡不着。他打开手机，果儿没有在线，蔡园半小时之前问过他一句，在哪儿？

几天没和蔡园聊了。他回，能在哪儿？沿淮呗。

一直没回家？

不是，前几天回去一次。报告一个好消息。

案子快破了？

不是，我和老婆好了。谢谢你！

你们好不好关我什么事？

别推卸责任啊，我可是严格按你的指导办的。和老婆成了QQ好友之后，我真的对老婆有了一个全新的认识。以前，我误解了我老婆。

一口一个我老婆，还警察呢。

警察怎么了，警察就不能我老婆了？嗨，告诉你，我刚交了个朋友。以后，我就做个小警察，不求升职，对得起良心就行。

这可不像英雄说出来的话啊。

我是说不求升职，又不是不求上进。

跑题了啊，说着你老婆，怎么又扯到小警察上了？唉，我问你，哪天我水深火热了，怎么办？

我去解救你。

你又不是救世主。

我就没想救世啊，能救你就行了。你忘了，我可是英雄啊。

英雄救得了我一生一世？

非要一世？半世也行啊。

不让你救，我有我的英雄。

嗯，就知道你不缺英雄。

…………

说真的，我和老婆好了。那天我遵照你教的方法，回去见我老婆前，对着镜子练了好几天微笑。真难啊，怎么笑都别扭。一个人的时候，我还试着和老婆打招呼。第一句话说什么呢，我想了好半天。你好？不行，太正式，显外。回来了？好，最好脸上带着笑，随意里透着亲热。

挺上心啊。

当然，什么事啊。你猜怎么着？没用上，那天正好是女儿生日，一大屋人。女儿缠我，我搂着她睡了一夜。

好事黄了？蔡园发来一个捂着嘴笑的 QQ 表情。

去，想哪儿去了？第二天我起得早，得赶回沿淮。老婆当时还睡着，我蹑手蹑脚地走到她床头，亲了亲她的脸。也不知道她是本来就醒了还是被我亲醒的，突然伸出胳膊搂住了我的脖子。

然后呢？

不告诉你。儿童不宜。反正，我们又回到从前了。

九

沈现场从沿淮派出所得到消息，刘新圆一贯小偷小摸。他们说，这小子自控能力相当强，他像是研究过法律，从来不偷值钱的东西。好几次被人扭送到派出所，他也不怕。

刘新圆又犯事了？刘老师一听沈现场他们找刘新圆，以为儿子又偷谁的东西了。

为稳住刘家人，沈现场跟刘老师说，是和一起盗窃案有关，但现在还不能确定，我们想找他核实一下。

刘新圆是一个多月前离家的——沈现场算了算，果然与老贺说的时间吻合。至于去了哪里，家里人也不知道。怕沈现场他们不信，刘老师的老伴插话说，真的，儿子跟老头子吵了一架，就走了。这么长时间了，打他电话也不接。刘老师像是很无奈，家丑啊，我们老刘家世世代代清白，怎么到我这儿就出了这么个败家子？孽种啊。

出了门，沈现场就拨打刘新圆的手机。手机通着，果然没人接。他跟局技术科联系，让他们帮忙跟踪刘新圆的位置。

刘新圆在孝感的一家小旅馆里。沈现场他们赶到时，屋里没人，前台负责登记的小姑娘说刘新圆是昨天入住的，还没退房。一直等到夜里十一点多，刘新圆才现身。

沈现场亮明身份，刘新圆赶紧声明，这一个多月我可是没在家，谁丢了什么也别想赖我。

你应该知道我们找你什么事，小陈厉声说。

刘新圆挠挠头，问，什么事？我还真不知道。

沈现场盯着他，好好想想。

刘新圆就那样站在屋中间，一会儿看看小陈，一会儿看看沈现场。

9月6号晚上你在哪儿？沈现场问。

想不起来。刘新圆反问，你能说出你9月6号晚上在哪儿吗？

小陈推了他一下，老实点，问你话哩！

沈现场想想也是，老贺怎么能记得一个多月前某个晚上的事？

刘新圆说他真想不起来了，那段时间可能在家里，也可能在信阳。从家里出来后，我先在信阳住了两天。后来又到过南阳、襄樊、武汉，前天才来孝感。

为什么不接电话？沈现场问。

我哪儿知道是你们？刘新圆委屈地说。长途，反正我又不在家，接了也没用。还有，我怕是我爸我妈借别人的手机打来的，不想听他们唠叨。

学校两个女生失踪的事你知道不？

知道。意识到警察的意图后，刘新圆后退一步，你们不会怀疑我吧？

小陈怕他跑，上前一步，扭住他的肩膀。怎么，谁规定不能怀疑你了？告诉你，案子未破之前，谁都是怀疑的对象。

听说你上半年一直在学校，沈现场盯着他。

在学校的人多着哩，刘新圆梗起脖子。

有没有发现什么异常？沈现场觉得他不太像做大事的人。

异常情况？刘新圆好像在想，什么叫异常情况？

知道吗，不接你爸你妈的手机就异常！沈现场教育他，这样做是严重不对的！你在外面要是有个三长两短怎么办，家长找谁去？出门到了哪儿，首先要告知家长。

我知道。

你知道个屁！小陈骂他。

沈现场拍拍他的肩膀，这一段你最好待在沿淮，随时配合我们的调查。

我明天就回去，刘新圆说。

沈现场示意小陈下去提车。既然这样，你收拾收拾东西，一会儿就走。我们有车。

刘新圆怯怯地问，你们要抓我？

小陈喊了一声，抓你？要抓你还等到现在？

刘新圆放下心，可以不坐你们的车吗？

怎么了，手里有钱了，不稀罕这几十块钱的路费？小陈语带讽刺，你以为我们不带你就不能过啊？

坐你们的车回去，我说不清啊。

小陈和沈现场互相看了一眼，都笑了。

走吧，我们把你放到淮河南岸，你自己回去。

下了高速，路况不好，沈现场被摇醒。刘新圆像是正等着他，有件事，不知道算不算异常情况？

说，什么情况？沈现场一下子坐直了身子。

我出来的头天，看到老贺的食堂半夜里还亮着灯，老远就闻到一股香味……

老贺？沈现场头皮麻了一下。老贺还真值得怀疑，他怎么对9月6日这么敏感？

具体什么时间？小陈见沈现场不吱声，插了一句。

差不多一点多吧，我想。

凌晨一点多？沈现场记得刚才刘新圆说的是半夜，就是想确认一下。

嗯，凌晨一点多。

你怎么这么确定？沈现场扭头看了一眼刘新圆。

不早不晚的，我当时也奇怪，就看了一下手机时间。怕人家不相信，刘新圆转身想看看沈现场的反应。

往下说，沈现场装着不太关心的样子，把眼睛转向车外。外面漆黑一团。

我那时也饿了，想着老贺肯定是偷了谁的鸡，正偷偷地熬呢，就想找他要个鸡腿啃啃。

沈现场突然觉得有点不对劲，一点多你还在外面跑？

我……

干坏事了？

真没偷到啥东西。我进了一家手机店，都是手机样品，没搞到新手机。走的时候，顺手就拿了几个手机充电宝。我当时还想，老贺要是不够朋友不让我吃，我就用充电宝跟他换。还没走近窗口，老贺就跑过来，让我滚远点，并把我推倒到地上。

为什么推你？沈现场问，是你非要吃人家的鸡？

没有，离他食堂还远着哩。

没捞到一条鸡腿吃？

还鸡腿呢，连鸡爪子也没捞到啊。倒是闻到了肉香——肯定是土鸡，肉真香啊！

饿的时候，什么都是香的。沈现场问，你们不是朋友？

差不多吧。

好好回答沈队长的话，是就是是，不是就是不是，什么差不多？

是。我们好几次都一块去看歌舞。

什么歌舞？

外面来的，刘新圆不安地看看沈现场。

小陈问，是不是那种女人脱光了的歌舞？

刘新圆怯怯地回，是。

老贺为什么要推你？沈现场问。

谁知道。不就是熬个肉嘛，至于吗？

沈现场觉得这个刘新圆是在没话找话。食堂的活，这一段沈现场也看到了，不累人，就是拴人。学生的饭是按点来的，早晨四五点钟就得起来准备，晚一分钟饭可能就卖不完。老贺那天看错表了也说不定。

刘新圆喃喃自语，从来没见老贺那样急过。

刘新圆这是在报复老贺？沈现场缓过来神。可他应该不知道是老贺引他们去找的他啊。不过，重新梳理老贺这段时

斑马，斑马

间的表现，沈现场发现疑点越来越多。他拍了一下自己的脑袋，怪自己缺少一个刑警应有的敏感。那天他问老贺力民傻不傻时，老贺的回答就不正常。大家都说力民是傻子，只有老贺说他能。韩文问他是哪天见到力民在学校里逛的，老贺一口就说出了9月6号。9月6日又不是什么特别的日子，过去一个多月了，他怎么能记得那么清？还有，全校的老师见到他们都会停下来，小心地打听案子查得怎么样了，唯有老贺从来不问有关案子的事。心虚？他自己一个人住在学校西南角，具备作案的环境。越想越兴奋，沈现场让小陈休息会儿，他开。老是想着学校里的老师，怎么没想到天天见面的老贺呢？真是灯下黑啊。他暗骂自己笨、迟钝，那么多反映老贺流氓的纸条都没引起他的重视。

十

韩文兜头给他浇了一瓢冷水，现场啊现场，职业病又犯了吧？下一步是不是我也会成为你的嫌疑人？

沈现场不死心，决定先从外围了解一下老贺。他让女警察重新找李莉和朱文雯的女同学谈话，重点放在她们与老贺的交往上。沈现场带着小陈，去食堂窗口逐一了解情况。

说到老贺，四个老板没有一个说他好话的。老贺害人啊，他的饭菜里要没有加大烟壳（罂粟壳），咋会吸引那么多学生？老贺好色，只要镇上有歌舞，不做生意他也要去看。老贺老不要脸，见到女生就手软，舀过去的菜里肉就格外多。老贺炒菜经常用烂菜帮子，所以菜价低……

沈现场暗自发笑，同行是冤家啊。他引导他们，这半年来，有没有发现老贺有过什么异常情况呢？二号窗口老板的话倒是和刘新圆提供的线索相互印证，他说有天他看错表了，三点钟就到了食堂，提前了一个多小时。老贺比他还早，窗口飘出浓浓的肉香味。平时都是老周两口做早饭，老贺经常是赶着开饭的点才到。他就随口问了老贺一句，大清早就熬肉？老贺嗯了一声，带理不理的。四号窗口的老板娘也说，有天半夜她起夜，月亮头，远远看到食堂的烟囱在冒烟，还以为到点了呢，赶紧叫醒自己的男人。两个人洗好穿好才发现，才两点钟。心想，肯定是谁又看错表起早了。沈现场让他们仔细回想一下具体时间，一个很确定，说是一个多月前。另一个不确定，反正是上学期。

种种异常虽跟两个女学生的失踪没有多大关系，但老贺这个人却愈发成了谜。

时间紧迫，沈现场当即决定先摸摸老贺周围的情况。他让隗副校长去叫老周媳妇，就说大门口有人找，她娘家侄子来了。

老周家就在学校西头不远的一个村子里，两口子都没有出去打工，在学校给老贺帮厨，顺便照应着上中学的儿子。老周媳妇一听说娘家侄子，连忙摆手，哪来的娘家侄子？肯定是骗子。隗副校长随机应变，不知道，反正他说是，你就

斑马，斑马

去看看吧。大白天的，看看人家还能咬你？

　　看到正等在那儿的两个警察，老周媳妇脸上露出惶恐不安的怯意。小陈给她递上一杯水，沈现场也安慰她，别害怕，我们只是想了解一下情况。

　　老周媳妇其实挺能说的，话匣子一打开就没完没了。老贺其实很懒，食堂里的活儿大多依赖我们两口子。人家出钱了嘛，又不少，我们还不得多出点儿力气？老贺确实有几次起得特别早，我们赶到时饭菜都已经准备得差不多了。他解释说，睡不着，干脆就到食堂来干活。还有一次，老贺说他看错表了。几次？三次还是四次，记不清了。以前从来没有过，也就今年。早晨熬肉？从来没有过。大清早的，熬啥肉啊。绝对没有，再想想也没有。别说是食堂，就是在家里，哪个大清早的熬肉？

　　沈现场问，能不能把老贺家里的钥匙要过来？我们想去他家看看，最好别让他知道了。

　　老周媳妇撩起上衣，让他们看她裤腰带上的钥匙。她有老贺家的钥匙，有时候要去那儿取东西，偶尔也会去帮他搞一下卫生。

　　院子很小，东边一棵无花果树，几乎占满了整个院子。老周媳妇殷勤地找话说，老贺发神经，说是西边不得光，正夏天呢，硬是把无花果从西边挪到了东边。

　　唉，长得还挺欢实的，沈现场漫不经心地搭着她的话。棚子下面堆着一个破柴油机，学校以前总停电，备了台机器发电、抽水。还有一些拆换过的机器零部件，锈迹斑斑的，胡乱堆在那儿。一把简易钢锯，八成新的样子。

竟然就活了。老周媳妇伸手摸了一下无花果的叶子，像是在向沈现场证明这是一件多么神奇的事。

屋里也很简单，一张床，一台笨重的老式电视机，大木柜也是老式的，三样东西把房子挤得满满的。柜子门没有锁，里面零乱地堆着男人的衣服、被子、单子。沈现场仔细翻了翻，没发现异常。小陈这次也学仔细了，在床尾还发现了一个储物柜。打开，里面全是画报、书、几十张VCD（影音光碟）。无论是书还是VCD，封面上都是放大的女人乳房、裸体，甚至男女交配的图像。老周媳妇可能是第一次看到这些，脸唰地就红了。

床底下也是水泥地，小陈跺了跺脚，下面不可能有地洞。

沈现场嘱咐她，跟我们见面的事，千万不要让老贺知道。跑了风，事就大了。

他跟那两个女学生有关系？刚开始还强作镇定，这会儿老周媳妇害怕了，身子开始发抖。早说过不让他跟那些学生扯，一个老头子，跟人家学生有啥扯头啊？

老贺跟那两个女孩子都认识？沈现场问。

认识，老周媳妇看了一眼沈现场，不敢再隐瞒。

怎么个认识？沈现场逼问。

老周媳妇迟疑起来。

知情不报，可以按包庇罪处理。小陈在一旁敲击她。

老周媳妇苦着脸，有一个女孩找他借过钱。

老贺有重大嫌疑！沈现场骤然精神起来。老贺为什么不承认认识李莉和朱文雯？他问老周媳妇，你还知道什么不？

没有了，真没有了。老周媳妇指着那些书和VCD说，老贺藏得可真够严实的。

沈现场怕她走漏了风声，安排她，你还是回家吧，回你自己的家去。我让隗校长替你打个掩护，就说你不舒服，去医院看病去了。

女警察反馈过来的情况也令人振奋，老贺确实对李莉格外照顾过。

中午吃饭时，老婆发短信问，后天怎么过？

后天？沈现场纳闷，后天还远着啊。想想不对，后天肯定是什么纪念日吧？生日？不对，两个人的生日都在春天啊。结婚纪念日？也不是，他们是五一结的婚。实在想不出来，沈现场只好硬着头皮回了一个短信，老婆大人，后天什么日子啊？

老婆没再理他。

上米饭时，老贺问小陈，怎么没见韩队长他们？

他们临时有任务。力民中午在街北头喝酒，韩队长亲自带着队里的民警蹲守去了，饭晚点再吃。小陈耍了个心计，故意放出话麻痹老贺。

沿淮毕竟不大，那边力民刚被抓住，学校就传开了，杀人犯力民被抓起来了。

派出所里，韩文问力民，叫什么名字？局里同意韩文他们就地突击审讯。

力民。

姓什么？

吴。

男还是女？

力民白了他们一眼，低声说，还说我傻！

问你话呢，老实回答。

男。

为什么跑？力民一见韩文他们在后面追，就没命地跑，直到撞上路边的柴垛。沈现场听另一个民警说，力民其实很胆小，扔了摩托车抱着头喊，别关我，我啥都认。

我怕。

怕什么？

怕洗澡。

沈现场隐约感觉和他上次被关进看守所有关。果然，据回来的警察说，力民上次在看守所里受了不小的折磨。初进去时，牢霸就命令他洗冷水澡，一块肥皂必须用完。水泥地上不能穿鞋，光脚，直到出来。

知道为什么找你吗？

不知道。力民很无辜的表情，真的不知道。

说吧，那两个女学生藏哪儿了？

不知道。

吴力民，老实点！

知道知道，藏家里了。

家里哪个地方？

想了想，力民又改了口，扔河里了。

两个都扔河里了？

嗯，都扔河里了。

在哪儿扔的？

河边。

什么时候扔的？

她死那天。

听到这儿，沈现场差一点笑出来。

怎么死的？

咋死的？就是，好好的咋就死了？我也不知道。

韩文倒是一脸的严肃。衣服呢，是不是你埋的？

是。

十一

小陈怀疑自己有心脏病，说一大早就感到胸闷。沈现场说，可能是气压问题，我也感觉闷，像是供氧不足。小陈不解，听说过"十人九胃"，心脏病也成了常见病？手机响，沈现场嗯嗯嗯地接完电话，问小陈，你大学学的什么专业？小陈答，园林设计。沈现场说，怪不得。低气压知道不？气压低就会导致人胸闷。

沈现场没有传达黄队长刚才的通知："6·27"专案组撤销，全体人员上午十点到局会议室开会。看样子，是准备开庆功会了。时间不多了，沈现场还在犹豫，是不是和老贺正面接触。昨晚他以还有些工作收尾为由留了下来，他总觉得力民虽然又蛮又傻，但绝不是那种害人的人。

沈现场叫来小陈，毫无保留地把自己对老贺的怀疑讲给了他。他怕自己真像韩文说的那样，破案太投入，眼里没有好人了。

凭直觉，老贺的嫌疑比力民大。说完，小陈才意识到自己又错了。

沈现场这次没怪他。走，去会会老贺！直觉这东西，有时候还是挺准的。

路上接到蔡园的电话，问他在哪儿。沈现场说在沿淮呢。

还在沿淮？蔡园好像很惊讶。

怎么了？

不是结案了吗？蔡园问，十点的会到底是什么会啊？

这会儿正忙，等会儿再联系你。沈现场匆忙挂了电话。

老贺不在，只有老周和一个陌生女人。看到老周躲闪的表情，沈现场心里一沉，莫不是他们给老贺透风了？或者是，老贺已经意识到警察在调查他？

老贺刚走。

小陈问，去哪儿了？

回家。老周停下手里的活，赎罪似的报告了一个不好的消息，他要走了我的身份证。

沈现场和小陈跑到老贺家，老贺正在换衣服。看到他们俩，老贺的手僵在半空中，一只袖子耷拉着。

老周也气喘吁吁地跟过来，看到老贺瘫软在地上，赶紧上前扶。

你先站到一边，沈现场指了指墙角。

不关老周的事。老贺把脸扭向墙角的表弟，食堂做好，再请个帮手。以后年年去给我上个坟，烧张纸就行了。

沈现场长长地舒了口气，空气中的紧张气氛似乎被稀释了。他示意小陈上去给老贺上铐，说吧，老贺，都是老熟人了，我也不为难你。

给我杯水吧，老贺说。

沈现场突然发觉自己的嗓子也干着，他怀疑自己的渴是被老贺勾起来的。趁老贺喝水，沈现场给韩文打电话。老韩，老贺招了，你赶紧带人过来。第二个电话打给黄队长，我在沿淮中学，吴力民与失踪案无关，嫌疑人已被控制，你们赶紧带人过来。

老贺浑身是汗，也不擦。李莉那个妮子，也不亏她，爱占小便宜……

她在哪儿？沈现场截断他。

老贺朝外指了下，无花果树下。

朱文雯呢？

也在那儿，老贺说。

沈现场回头看了看院子里的无花果树，枝叶浓郁，空气中似乎满是它散发出的青葱味。他示意小陈动手挖，回头让老贺接着讲。从头讲，详细点。

李莉老是在我这儿买饭，偶尔身上没带钱我也没放在心上。后来，她索性经常不带钱了。她漂亮，可能以为人家都会宠着她。我其实最恨那种妖精似的自以为是的女人了……

为什么？沈现场好奇。

反正不喜欢，老贺说。

接着讲，沈现场说。或许跟他的经历有关，隗副校长好像说过，老贺的老婆很漂亮。

我没当回事，一顿饭也就几块钱，算不了啥。我要钱干啥？那妮子竟然得一望二，一再忘记带钱。有次在校园里见到她，我说，妮子，你这学期欠我四百多了，啥时候还啊？现在的女孩子啥也不怕，她立马就编了个理由，说她奶病了，正住院，能不能缓缓？马上就放假了，下学期她要是不上了我哪儿去找她？她见我黑着脸，装出一副可怜兮兮的样子，要不，我给你食堂打工抵账，好不？我说食堂没你干的活，你下晚自习来我屋一趟吧，咱们算算总共多少钱，你给我打个条，等你宽裕了赶紧还上。下了晚自习她还真来了，就她自己。她找我要账本，我哪有账本啊，根本就没记。我是吓她的……

小陈进来，凑到沈现场耳朵旁，挖出一堆骨头。

要是下场雨就好了，沈现场朝外扯了扯自己的衬衫，站起来向外看了一眼，无花果树下杂七杂八地躺着几根骨头。

朝南一点，还有朱文雯的，老贺说。

头上有个吊扇，顺着电线才发现开关在电视机后面。沈现场打开电扇，再次给黄队长打电话，说两个学生都已经死了，埋在他院子里，骨头已经挖了出来。

沈现场挂上电话，老贺不等他吩咐接着往下讲。

我说算了，钱不要了。那妮子还假惺惺地说那咋行，让我把账本拿出来，她给我打个欠条。我说你奶不是有病吗？给，这点钱你先拿去用。那是整整一万块钱，我才收回来的。小妮子哪见过那么多钱，不要，不敢要。我说拿着，就当我扶助贫困学生了。我朝她手里塞，她躲，躲来躲去我的手就伸进了她怀里……她回住室前，我把钱包好，让她带走。没过几天，她又趁着下晚自习过来了。这一次她变化大了，衣服是新的，还买了个苹果手机。我心想，还不是用我的钱买的？走的时候我又给了她八百，人家一点儿也不客气，心安理得地接了过去。有一次她从我这儿走的时候我没给她钱，她竟然找我要，说她男朋友第二天生日。我那个气啊，问她以前的钱呢？她说都花了，给她男朋友也买了个手机。我忍不住，打了她一耳光。小妮子脾气也大，还了我一耳光，骂我这么老，她总不能跟我一辈子啊。我越想越气，一下子掐住她的脖子……那天晚上，我守着她的尸体一夜都没睡。这么大的人，放哪儿啊？放哪儿都容易让人发现。我记得屋里还有把破钢锯……

就门口那把？沈现场第一次发现，老贺其实挺能说的。

是的。我把她截成了两半，装进蛇皮袋里，趁半夜没人背到食堂。食堂的锅大，就着鼓风机，一会儿就化了……

你……沈现场皮肤紧了一下，屋里像是吹进一股凉风。你……

他不知道自己想说什么，身上出了一身汗。

我把她们煮了，老贺已经完全镇静下来。这会儿看起来，沈现场更像杀人犯，老贺更像警察。

为什么？沈现场闭上眼睛，努力让自己平静下来。

我听说，现在讲证据，没有证据就不能定罪。

天啊，沈现场在心里惊叫了一声。

骨头没办法处理，就埋在了无花果树下。老贺看着他，没地方扔，我怕别人发现了。

沈现场想吐，怪不得今年的无花果结得多。

为什么从西边挪到东边？

院子里新起一堆土人家不怀疑？唉，就一样没弄好，那些衣服我没有烧，到底还是被你们发现了。老放家里也不是个事啊，后来我趁个黑月头的晚上，摸黑找了个地方把它们埋了。也怪我笨，煮李莉的时候填到灶里不就好了？后来就好了，朱文雯的衣服就不存在这个问题了。

没有衣服我们早晚也能找到你。有句俗话叫什么来着？狐狸的尾巴……沈现场结巴起来，狐狸的尾巴长不了。狐狸聪明不？尾巴不也早晚得露出来？

老贺没敢和他犟，接着讲朱文雯。那天我收拾完食堂回去，看到门口有个女孩肩膀一抽一抽的，可能是在哭。这妮子我认识，她长得好看，老去我那儿买饭。我停下来问，妮子，你咋了？她哭得更厉害了。我回去拿了条新毛巾出来，让她擦擦眼泪。哭了一会儿，她自己就停了。到底是小孩儿，啥事来得快去得也快。我领她进屋，才断断续续听明白，那天是她奶的"五七"，她自己在家里给奶奶烧完纸刚回到学校。想到父母没给奶奶过完"五七"就急着出去打工挣钱，忍不住难过，就找了这个没人的地方哭起来。我给她找了瓶饮料，安慰她别难过，人死了说不定在那边更舒服，在这边尽受罪。我也不知道咋安慰人，乱说一通。她情绪好了些，注意力转到了电视上。电视上正放韩剧，上面的女人也是哭得一塌糊涂。一开始，我并没有想咋着。这妮子是个好孩子，挺孝顺的，比那个李莉强。她被那个韩剧吸引住了，傻了一样盯着电视。我呢，没趣，就在一旁看她。这妮子长得好，不比李莉差。韩剧演完了，她才意识到晚了，都快十一点了。她说，叔，我得走了。我说这么晚了，住室还能进得去？她没有主意了，问我，那咋办？我说，好办，你就在叔这儿将就一夜，明儿一打起床铃你再去上学。那时候我还没起坏心思，真的，一点都没起，人家妮子都伤心成那样了……

小陈再次走进来。无花果树下面又多了一堆骨头。

沈现场的脖子像是被什么勒住了，呼吸不畅。他解开衬衫的第二个纽扣，试图站起来，没有成功。浑身没有一点儿力气。老贺，你简直不是人！畜生啊！

畜生，我是畜生。

连畜生都算不上！沈现场索性就坐在那儿不动了，畜生也没有你这么残忍啊？！

老周见老贺一再舔嘴唇，又倒了一杯水递过去。

别给他喝，渴死他！沈现场气得大叫。

反正他也活不长了，让他死之前舒服点吧。老周知道沈现场那是气话，圆场说。

下雨了。小陈跑进来，低声嘟囔了一句，像是埋怨老贺这个时候才交代。

沈现场侧着耳朵听了一下，是的，他听到了雨点密集打在干硬的土地上的声音。下吧，再下大些才好呢。屋里有了点儿凉气。沈现场终于站起来，自己给自己倒了杯水。

后来呢？沈现场不看老贺，攒足力气厉声问。院子里的无花果树横倒在地上，像一个有气无力的老人。那些骨头像刚刚从泥里起出来的莲藕，正被雨水一点一点地洗白。雨下得这么急，老天爷像是憋了好几年。

后来？后来没办法，她也只好睡在我那儿了。那时候天还热，不洗澡身上是黏的。我给她烧了一壶水，让她就着大盆擦擦身子。我平时洗澡就站在当院里，水朝身上一泼，就成了。妮子洗澡时我站在门外，听到屋里哗啦哗啦的撩水声，我心里乱了，偷着从门缝朝里看。这一看就收不住了。但我知道不能急，小姑娘嘛，我一急肯定会出事。我哄她，让她睡床上，我睡地上。她过意不去。我大着胆子说，要不，我也睡床上？

妮子不吭声，看脸色是害怕。我说，放心，我睡那头，你睡这头。她很快就睡着了，我哪里睡得着？半夜里我爬到她那头，从后面搂住她。她醒过来，大喊了一声。我吓坏了，赶紧捂住她的嘴。等我再松开时，她已经没气了……

警笛声隐约传过来。沈现场靠着墙，懒得再问下去，眼睛恹恹地看向小屋里的陈设。床头墙上有本热带风情的挂历，沈现场在心里数了一下，专案组刚刚成立二十六天。床靠背一边的木头上贴着一张小照片，20世纪80年代的风格。上前一步才看清照片里有天安门，不过很假，一眼就能看出是绘在画布上的背景。摄影师像是搞错了主体，姑娘在画面中显得很小，小得很容易被人忽略。沈现场只得把眼睛贴上去，她脸上被圆珠笔打了个红色的叉。

我老婆，老贺的眼睛也一直追随着沈现场，我们认识前拍的。

沈现场突然想起来，明天是他和老婆领证十周年的日子。

院子外面传来停车声，车门开关的声音。他的同事到了。沈现场还是不想动，身体慵懒得像是刚刚和老婆在床上翻腾罢。他靠着床头，给老婆发了个短信才出去——我破了一桩棘手的案子，权当咱老两口领证十周年的贺礼吧。

（原载《特区文学》2015年第2期）

无花果

门

一

屈静打来电话时，陈克俭正在跟县里的姚副书记汇报工作。

姚副书记是陈克俭先前在组织部的老领导，去年改任县委副书记。脱贫攻坚月例会一结束，陈克俭就跟着姚副书记进了他的办公室。马上就要调整干部了，陈克俭想汇报一下自己的思想。

克俭，你是不放心吧？姚副书记问他。陈克俭任沿淮乡乡长已满五年，乡党委书记蔡东升四个月前升任县委群工部部长，他现在主持乡里的工作，改任乡党委书记应该是顺理成章的事。

我就这么想当官？陈克俭夸张地叹了口气，人家不知道您还不知道现在下面的工作多难？连吃个饭都跟做贼似的，谁还争这个？再说了，论资历论工作，我再进一步不算给您丢脸吧？

姚副书记浅笑。敏感问题，他不会表态的。

我想向组织上推荐一个人。陈克俭郑重起来，这也是他来找领导的目的。我们乡的副书记，屈静，她搞农村工作很有一套。

怎么有一套？姚副书记的笑变得意味深长，陈克俭一时没反应过来。

她包的两个村，无论是危房改造还是低保，几乎没有一个人到政府反映问题——您知道，现在基层最难搞的就是这两项工作。那些村干部，都想趁机谋点私利，乡镇干部又不了解村里的情况，只能完全依靠他们。屈静有办法，她老早摸清了两个村各户的基本情况，每户多少田地、多少人，各人的年龄、健康状况、收入情况等——听说花了好几个月的时间。她把这些信息全部录入电脑，精准扶贫、危房改造、低保户的认定，村里瞒不了她，报上来的人她都先对照电脑里的信息核实，稍有疑问，就再下去摸排。

手机在兜里振动。陈克俭拿出来看了看，是屈静，他摁了拒接键，接着汇报。我觉得她这办法好，准备忙过这一段向全乡推广。这人还有大局意识，夏季禁烧期间，她在车上看到有收割机没装秸秆粉碎机，便当即从车上冲下去。政府办公室的小钟后来跟我汇报的——小钟当时在开车，车上坐的还有人大主席、副乡长、党委秘书，他们都没动，只有屈静一个女人冲了下去。这事往大里说，是担当精神，往小里

门　　　　　　　　　　　　　　　　　　　　　　　　189

说……陈克俭一时找不到合适的词。

姚副书记不插话，随手翻起桌上的文件，等他继续说。

身先士卒，陈克俭想起来。往小里说，是身先士卒。关键是效果特别好，屈静那样做基本上相当于开了个现场会，让老百姓看到了秸秆粉碎前后麦地的对比。

听说她去年住院了，有没有这回事？

都传到您这儿了？陈克俭这才意识到姚副书记笑的内容。莫不是有人跟巡查组反映过这个情况？县委也学上边，从纪检委抽人到各乡镇巡查，对沿淮乡的巡查上个月才结束。

有没有？姚副书记敛起脸上的笑，直视着他。

那次屈静坐我的车回去，她老公在楼上没看到一车人，以为就我送她呢，当晚两个人就闹起来，屈静一气之下喝了半瓶酒，醉得不省人事住了院，外边好事的人都传她因为我喝药了。

屈静又打过来电话，陈克俭再次摁断。我是个老党员，知道党的纪律。

你还推荐她？换作别人，怕是遇到个小沟也要跳进去洗一洗。

我身上要是脏，跳进长江里也洗不清。您不是常教导我，不能因为怕人家说闲话就耽误了一个好干部吗？屈静——屈静副书记真是一个好干部。前一段搞精准扶贫，小钟跟我汇报，屈副书记连着十几天都没回家，累病了。我也没办法啊，上边限期完成任务，我怎么办？有天晚上十一点多，小钟给

斑马，斑马

我发过来一张屈副书记输着液还在村部整理扶贫档案的照片，让我命令她休息。

田喜民呢？他可是你们的人大主席，这次提拔组织上主要考虑的是人大主席。

怎么说呢，也许田喜民更适合当官。

什么意思？姚副书记要他解释。

田喜民有很多优点，有城府，会来事，左右逢源，这样的人不适合当官？

我怎么听起来不像优点？姚副书记打断他，克俭啊，你这话可是打击了一大片人。你的意思是我们的官员都要有城府，会来事，左右逢源？

我不是那个意思。陈克俭争辩道，您是我的老领导，我在您面前说话不遮掩，想到哪儿就说到哪儿。说实话，我不喜欢他那样的人，弯弯太多，跟他相处费劲。陈克俭本来准备了好多田喜民的反面事例，姚副书记这么一说，他反倒觉得没意思了。多言必败，少说坏话，蔡东升部长经常这样讲。

田喜民的电话也打过来。陈克俭估计乡里有事，便向姚副书记亮了亮手机说，乡里急着找我。

嗯，姚副书记刚才就看出来了，接吧。

陈书记，出事了。田喜民在电话里急急地说。

陈书记——这个叫法属正常，组织上虽然还没有明确陈克俭的书记职务，但他行的却是书记的职责。再说了，这也是行政单位的惯例，把级别提高一级叫，算是祝愿。

什么事？

三个人没得了。

没得了？陈克俭怔了一下，旋即明白过来。

田喜民不是本县人，中专毕业后随女朋友来到这里。尽管已有二十多年，偶尔还是会带出一两句让人难以琢磨的老家方言。比如夜黑（昨晚）、喝汤（吃晚饭）……明白是明白，但陈克俭还是不相信。没得了是什么意思？失踪了还是死了？哪儿的人？说清楚。

死了，喝农药。一家三口，王畈的。

喝农药？有人下毒？

嗯。

陈克俭正要跟姚副书记解释，对方却一挥手，说三人以上属群死群伤，重大案件，你赶紧回去吧，我马上跟相关部门通报。

出了办公室，陈克俭刚要拨派出所所长的电话，蔡东升部长的电话就打过来了。陈书记，你这可是时运不济啊，又是杀人又是放火的。陈克俭听了，心里一紧。蔡部长说的放火是禁烧期间，他刚调走，就有人在两乡交界处点了一把火，被卫星拍到，陈克俭和主抓农业工作的副乡长都被通报批评了。现在又出了杀人案，还死了三个。蔡部长说，关键时刻，你得警起心，别太书生气。陈克俭忙不迭地答，谢谢老领导提醒，您还得多指导。

那边刚挂断，这边派出所所长的电话就打回来，说三名死者的身份已经证实，是一家三口，王小贵、汪桂兰、王青山。县公安局刑警队已到现场，怀疑是三人之一作案，昨夜的面条里有毒。

陈克俭松了一口气，田喜民说了那么多都没有说到点子上，刑事案件嘛，与政府有什么关系？他让小钟先拐回家一趟。算下来，他已经有二十一天没回家了，这一段时间搞精准扶贫，"五加二""白加黑"，天天都有任务、目标、检查之类的工作。

老婆没在家，母亲在客厅看电视。陈克俭和母亲聊了一会儿，然后拿出手机朝卧室里走去。电话是打给老婆的，她在街上美容，说一会儿就回来。陈克俭说不急，乡里出事了，他还得赶回去。他胡乱收拾了两件换洗衣服就出来了。快到王畈时，才看到微信里老婆给他的留言：陈大书记，有件事我们可是一个多月没做了。

小钟知道路，小车径直朝村子最西头开。十月初了，大豆、稻子都已经收罢，田地刚刚翻了一遍，远远看去，像老男人瘦骨嶙峋的肋骨。沿淮乡南边几个村被誉为县里的小江南，因为靠淮河，灌溉方便，所以旱地水田各占了一半。王畈是其中之一，离淮河五百米不到。虽说现在大米早不稀奇了，但搁20世纪90年代以前，这里有米有面，农活又不累，也算是宝地——本地的姑娘们不愿意嫁出去，外地的姑娘们急着嫁进来。

一条小黑狗嗷嗷地冲过来，田喜民在后面吆喝了两声才停下。屈静也迎上来，说警察刚走，带走了没吃完的面条，还有屋子里所有的农药。

尸体挺在当院的三张门板上——两大一小。这一片儿的规矩，横死的人不能进屋。陈克俭远远瞟了一眼，他们脸上都用火纸盖着，衣服也端正，像是刚刚换上的。

这儿谁主事？

暂时是汪桂兰的堂妹。田喜民指着旁边的一个中年妇女说，她是最早进入现场的人。

堂妹可能被问得多了，以为又该她上场了。我们昨儿约好的，今天回郑州，那边催得急。

她们在郑州做保姆。屈静解释。

是的。我姐管的那个八十六了，那边催几遍了。我们约好今天早上八点走，七点多我就打她的手机，一直没人接。我坐人家的电动车过来叫她，离老远就闻到一股浓烈的农药味，便知道不好——他们两口子平常老是吵架。进门一看，还真是，一家三口并排躺在床上，身上到处都是血……

他们家还有其他人不？陈克俭打断对方，问田喜民。

有。王二父母没了，还有一个哥。

王二？派出所所长说的可不是王二啊。

王二，大名王小贵，田喜民压低声音说，你见过的。

陈克俭跟王二打过交道，他在家排行老二。他哥呢？

屈静说，联系了，人在新疆，赶不回来。

田喜民介绍说，王大贵早年跟着孩子舅到新疆摘棉花，在那边安家落户了。听说这几年在那儿包了几百亩地种菜，发了点儿小财。出了事这边就联系他，他说一会儿就到邮局汇两千块钱过来，但人回不来，菜得赶在下雪之前收完……

旁边有村民插话，说王大贵这次还算大方。他十几年都没回来过一次，他爹死都没回来，汇回来几百块钱。

没其他人了？陈克俭的意思是，汪桂兰的这个堂妹恐怕应付不了这一摊子事。

他还有个堂哥，这个堂哥是个明白人。刚才插话的那个村民说，他堂哥在市里卖鞋，正在往这儿赶。

陈克俭想了想说，他家不是两层楼吗？

那是多少年前的事啊，早卖了。

陈克俭仔细打量了一下眼前的房子，像是临时住房，很矮，门还朝西，可能预备做偏房，北边的空地里下了两间正房的脚。陈克俭记得王二曾经为此事去乡政府找过他说情，村镇建设服务中心把他的两间小屋定为违法建筑，要拆掉。

田喜民接着介绍，警察根据汪桂兰堂妹的描述判断，他们生前似乎都有过挣扎，而且床上不像是第一现场。有人说，是汪桂兰的情夫……

你作为领导干部，不能听信那些没根据的话。陈克俭不耐烦地打断他。这是什么事？命案！警方没有下结论前不能乱八卦。

田喜民不服气，这算什么八卦？但他没敢说出口，脸上的不服也是稍纵即逝。陈书记放心，跟其他人我不会这么说的。

牵涉到案子，要注意保密。政府现在的任务是积极配合公安机关，做好家属的安抚工作。陈克俭也意识到自己刚才语气生硬，及时转为提醒。陈克俭一直不太相信田喜民，觉得他阴暗，又过于自信，好像什么事都在他的掌控之中。

王二就剩下一个闺女，五一才嫁到六里。听说刚怀孕，男方不想让她知道家里的变故，怕影响到肚子里的胎儿。

能瞒得了？

我想也瞒不了。田喜民听出了陈克俭的态度。王二的闺女小，拿主意的应该是他女婿，屈书记正在做他女婿的工作。

陈克俭转身问屈静，屈书记——以前他都叫她屈静，刚才在姚副书记那儿才改口叫屈副书记。这样叫虽然生分，但似乎撇清了关系——王二闺女那边怎么样？

这边暂时还瞒着她，但我不赞成继续瞒下去，这样对她太不公平。毕竟，这是人家家里的大事，她有知情权，应该也有承受能力。

二

第二天上午，陈克俭没顾上去王畈。他让小钟去街上买了个花圈，以他个人的名义送过去。论起辈分来，人家毕竟是表叔。

村镇中心主任刘斌一上班就把陈克俭抢到自己车上，汇报这次人居环境检查的事。去年年终的时候，县里成功创建了国家级卫生城市，随即又开始创建美丽乡村。陈克俭还记得最初听说县城要创卫时，以为那只是县里的一个长远规划，县城这么破，这么没有秩序，要创国家级卫生城市真是痴人说梦。后来周末回城，发现露天烧烤摊儿没了，街上店外经营也少了，才知道县里还真下了狠心。

建设美丽乡村还有一个说法，叫改善人居环境。主抓这项工作的是县人大主任，他有领导县城创卫的经验。人居环境检查每季度一次，每次检查一个村，不得重复，以此督促乡镇分阶段搞好各村的环境整治工作。排名前三有奖金，后三名罚款。年终总评靠后的乡镇，相关领导要通报批评，一年内不得提拔重用。这项工作已经开展一年多，剩下没被检查的自然村都是基础不太好的。

两个人都没有下车，就坐车里走马观花地转了一圈。回到大路上，陈克俭问六里怎么样。六里有点儿基础，稍加整饬应该可以迎检。最理想的是王畈，但有王二的事牵绊着，不方便。刘斌说，陈书记定哪儿就是哪儿。那就六里。陈克俭让他通知屈静，按检查要求做好准备。敏感时期，哪项工作都不能落后。

正在这时，屈静打来电话，说县公安局官方微信已经发布消息，基本可以排除他杀及误食农药的可能性。根据农药品种及包装袋上残留的指纹判定，犯罪嫌疑人应该是死者之一王二。至于犯罪动机，警方还在调查中。

快十一点时，屈静又打来电话，说市政法委的郑书记一会儿要过来视察工作，邓县长和蔡部长陪同。陈克俭问具体什么时候到，屈静说已经在路上了。

乡道窄，又赶上集，路上人多车多，到了街上又堵了一小会儿。紧赶慢赶还是没迎上领导，人家已经在乡政府会议室里等他了。

公安局抓刑侦的副局长先介绍案情，刑警队经过连夜调查，基本确定犯罪嫌疑人就是死者之一王小贵。王小贵自2011年摔断了腿之后，开始怀疑汪桂兰外面有男人，经常与其争吵、厮打。10月2日，在郑州当保姆的汪桂兰回来的第一夜，九点半左右两人又厮打起来。王小贵家没有院子，汪桂兰在门口的哭泣声引来两家邻居前去劝架。邻居隐约听出缘由，汪桂兰不愿与王小贵同房，王小贵甚至怀疑儿子不是自己的。随后两夜邻居们仍听到有厮打声，因争吵的原因属家庭隐私，邻居们没好意思再过去劝阻。出事头天晚上，也就是10月10日晚上十点左右，邻居们再次听到吵闹厮打声，还有汪桂兰在门口的大声哀叫声。有人过意不去，硬着头皮前去劝解。汪桂兰当时衣不蔽体，邻居劝说几句后离开。王小贵具备作案动机。第一现场应该是当门的饭桌旁，汪桂兰母子死亡之后，王小贵将他们分别抱到床上，换上他们最体面的衣服，自己也换了身新衣服，然后躺到最里侧，服毒自尽。他喝的量可能较少，挣扎得也最厉害，这也是为什么他们身上到处都是血的原因。

陈克俭问，怎么会有血？

服毒的人大都会七窍出血，田喜民小声说。

　　　　　　　　　　　斑马，斑马

郑书记接着通报了一起事故。邻县四个中学生溺亡，四个孩子都不到十五岁。过去一年来，全市溺亡人数高达四十七人。这不仅是教育界的事，家长和社会都应该反思。

大家正疑惑，中学生溺水怎么与王小贵一家扯到一起了？郑书记话题一转，你们王畈这次是刑事案件，好像发生这样的事由不得人。我看也不一定嘛。刚才通报的中学生溺水事故，为什么有的县没有？人家临放假前各校都开了安全知识学习会嘛。王畈这事，我们及早排查矛盾了吗？要是提前弄清了潜在的矛盾，做好了疏通调解工作，说不定就能避免。现在事情既然发生了，希望大家要吸取教训，乡里做好善后工作，以此为契机，积极做好安全生产方面的整改工作。亡羊补牢，还不算晚。

邓县长接着讲，郑书记讲话比较委婉，给我们留了脸面。我觉得我们沿淮乡首先得理清思路，不要以为这是刑事案件，与政府一毛钱关系也没有。错！归根结底，其实还是我们的责任！我们的干部摸摸心口窝问问自己，我们对王小贵的家庭情况了解吗？我们有没有做过相关的矛盾排查工作？

邓县长突然停下来问，乡里谁负责政法这一块？那个村的包村领导是谁？

陈克俭指指屈静和田喜民，分别作了介绍。

田喜民站起来表态，郑书记、邓县长，我们沿淮乡保证与市委市政府、县委县政府保持高度一致，绝不给上级丢脸！

虚话，套话！邓县长沉下脸，我们已经丢脸了，你这保证有什么用？

田喜民本来想趁机露个脸，没想到邓县长如此较真，站在那儿左右不是。

你先坐下。邓县长盯着他，我问你，王小贵与他老婆之间的矛盾你们排查过没？

田喜民坐下，低着头，不敢再吭声。

邓县长并不指望田喜民回答，接着讲他对排查矛盾的认识。

田喜民心有不甘，趁邓县长不注意，跟旁边的党委秘书小声抱怨，我总不能见了面就问人家两口子有没有矛盾啊。党委秘书没忍住，笑了场。

啪！邓县长拍了一下桌子，不知道是因为党委秘书的笑还是他听到了田喜民的话。你还有话说？你作为包村干部，不与群众打成一片，群众的矛盾你不清楚，你这个干部是怎么当的？还有你刚才的表态，你觉得合适吗？你们书记虽说调走了，主持工作的乡长还在这儿呢，你一个人大主席能代表沿淮乡党委政府吗？

蔡部长上来解围，郑书记和邓县长的批评我们一定虚心接受。我作为前任书记，王畈的矛盾排查没到位，我也有责任，乡里其他相关干部当然也有责任。现在事情既然发生了，也无力挽回了，我们要力争把下一步的安抚工作做好……

不是力争，邓县长插话，是必须！

必须必须，陈克俭表态，我保证！乡里已经成立了善后工作领导小组，我任组长。

郑书记还有公务，没在沿淮乡吃饭，匆匆忙忙返回县里。送走他们，陈克俭偷偷把田喜民拉到一旁，问他王二到底是因为什么。

警察不是都说了吗？田喜民还以为陈克俭要安慰他呢，什么世道啊。

"什么世道啊"是田喜民要发表感慨的口头禅。中午十二点左右人都走了，政府大院空了，他感慨道，过去多好啊，过去乡政府一天到晚门庭若市，来求情的、托关系的……那时候多滋润，老百姓听话，工作得心应手。机构一改革把咱们都改成孙子了，得看老百姓的脸色说话了……陈克俭有时候装着没听到，有时又怕他四处呱呱，就耐着性子劝，政府职能转换了，我们的思想也得及时转变过来。陈克俭没工夫听他感慨，截住话问，跟他儿子那件事没关系吧？

田喜民怔了一下，才想起来王二儿子的事。那都是什么时候的事了啊！都四五年了，早过去了。他这是典型的穷凶极恶——穷凶了，就极恶。话说回来，也怪那汪桂兰，你不知道，她可不是一般人，年轻的时候就风流，相好的可多了，听说郑州也有，她到哪家当保姆哪家就闹翻天。

陈克俭不关心汪桂兰如何风流，他关心的是这事跟王二的那次上访到底有没有关系。

三

2012年元旦，组织部办公室主任陈克俭被任命为沿淮乡乡长。

那时候，风声还不紧，乡长书记都是紧俏位置。县委书记大权在握，谁的账都不买，凭票子排座位。陈克俭的小舅子怂着他上，下去当个乡长，混两年转为书记，回来再不济也可以弄个局长，搞好了还能提拔成副县长。钱不用他操心，小舅子有钱。岳父的老房子拆迁赔了一大笔钱，小舅子由此看到商机，把赔偿款投到房子上，成了房地产商。陈克俭看不上他，他那钱不是凭能力挣的，是碰住机会了。但人家真有钱，腰比他粗，话就比他硬。第一次送了十万，他是组织部办公室主任，按理下去当个乡长也是顺水推舟的事。但听说争的人多，县委书记又没吐口，就又送了十万过去，才遂愿。两年后县委书记被"双规"，陈克俭花二十万买座位的事传遍了县城。也不止陈克俭，那几年提拔的干部几乎个个都送了钱。面儿太广，听说新来的县委书记也为他们说了话——都被撤职了谁干活？

沿淮是陈克俭的老家，至今他还有兄妹在那里。从前任命都有回避制度，不能回老家任职，怕给老家七大姑八大姨表叔二大爷徇私情。但现在又有了新说法，回老家任职本身就是一种约束，干不好怎么向父老乡亲交代？

乡政府在街北头，占地约有三十亩。因为只有一座孤零

斑马，斑马

零的四层小楼，院子就显大。小楼建于1999年，那时候有提留，乡里有余钱，不用跟上边打招呼，楼就起来了。要是搁现在，别说没钱，就是有钱，这手续那手续的也难办。房子多，班子成员都有两间，一间办公一间休息。陈克俭和书记的卧室稍有不同，加装了卫生间。

陈克俭上任后遇到的第一件麻烦事就是王二家的。他是陈克俭二姨父亲家的姑父的表侄子，陈克俭第二次见到他时才听他说。陈克俭当时无心分辨真假，也没有工夫跟他细排辈分。农村就是人情社会，要按王二的这种排法，恐怕整个沿淮没有几个人不是他的亲戚。

王二是去乡里要救助的。第一次见他，陈克俭刚上任，正在整理办公室。王二是挂着单拐上去的，陈克俭后来才知道，是田喜民暗示了他——去二楼最东头的那个办公室，找新来的领导。田喜民虽不是本县人，但毕业后一直在沿淮乡干，二十三年，从普通干部做到副书记，本来想着乡长这个位置非他莫属的，没想到半路上杀出了个陈克俭。其实与陈克俭也没什么关系，组织上既然没有下田喜民的米，就是没有陈克俭也会派来李克俭王克俭。但田喜民不这样想，他以为陈克俭抢了他的位，从此不太热心乡里的事，经常躲在屋里练毛笔字。

王二人长得很端正，浓眉大眼，再加上一头茂盛的黑发，看起来生机勃勃。如果收拾收拾，并不比电视里的那些演员差。王畈的人还聪明，好几家的孩子全都考上了大学。王二除了落个品相好，其他什么好也没落到，还尽倒霉。先是自己从车上跳下来摔断了腿，哪儿也去不了，一年不到，九岁的儿子跟他去地里，桥又突然断裂，夹断了脚。当时正是八月份，田边地头到处都是水，桥下更不用说。断裂处还在下沉，怕儿子掉进水里，王二与旁边的放羊老汉合力拖拽出儿子被断桥夹住的脚。送到县医院，人家不收，又送到市医院。第一次手术没成功，又转到省医院。前后花了近二十万，儿子还坐在轮椅上。

陈克俭问，你没入新农合？新农合也可以报啊。

新农合报了不到一半，王二说，我们借了十几万，咋办？

陈克俭想了想说，去找学校，学校应该给学生上了保险。

王二说，也去过，学生险只有几千块钱，不支事。

咋办呢，陈克俭一摊手，天灾人祸我们也没办法啊。

田喜民后来跟陈克俭介绍说，王二本来也认了，天灾人祸嘛。桥上一共三块石板，偏偏他们踩上去的那一块断了，不是天灾是啥。可王二的老婆汪桂兰不这么认为，她从深圳赶回来，说得找政府，她一个工友下班回去一头撞到阴沟里厂里都赔了钱。王二怯怯地到了乡政府，恰好遇到田喜民值班，几句话就把他呛了回去。政府啥都管？明儿个你被天上掉下来的钱捆子砸死了也来找政府？过了两天，王二又来乡政府，专找田喜民，说钱捆子掉下来砸死就得找政府，我们是政府的子民，政府不管谁管？汶川地震不也是天灾，政府不也管了？这话还真堵住了田喜民，王二后面怕是有高人给他出主意。王二还提出了新的证据，说那桥本来好好的，是你们政府在桥下烧麦秸把桥烧脆了，才断的！桥也能烧脆烧断？田喜民的生活经验里没有这方面的知识。他说你找我没用，我一个人大主席能当了这么大的家？王二说你包我们大队，我不找你找谁？田喜民用手指指楼上，你得去找大官，乡里刚调来一个大官——这话田喜民当然不能汇报给陈克俭。

陈克俭耐心地接待了王二，不知道他说的是真是假，只好来个缓兵之计。这样吧，你先回去，等我们调查调查再说。

本来是一句敷衍的话，王二却当了真。隔了两天，王二又咚咚咚地拄着拐杖过来了。屈静正好从车上下来，两个人在院子里说了几句话，王二好像还擤了把鼻涕，就着树下的积雪搓了一下手，然后就走。陈克俭当时就在三楼办公室的窗户前站着，屈静上来汇报说，一个瘸子要找你，还说新来的乡长是他表侄，我替你挡了一回驾。快过年了，陈克俭知道王二还会再来，就抽时间去现场看了看。断桥还在那儿，桥上总共三块石板，背面果然都黑黑的，明显被火燎过。最左边的一块成 V 字形落到水里，桥面上隐约还能看到血迹。桥下的水是死的，暗青色。河坡河沟里都有麦草，那暗青色可能正是麦草沤出来的颜色。

改被动为主动，陈克俭直接去村里找王二。刚进村他又折了回来，第一次到人家家里空着手不成礼义啊，何况又沾亲带故。他又转回到街上，自己掏腰包买了几斤苹果、一箱挂面。

王二家的宅基地垫得很高——这里的宅基地普遍都高，怕再发大水。刚进大门，屋里就传出凶狠的狗叫声。陈克俭有些紧张，待王二开门，才发现是一条小黑狗。王二喝住狗，他没有想到，乡长竟然登了他家的门。

院子很大，但并不宽敞。东边一间厨屋，沿着厨屋搭了个棚子，棚子里有张废弃的沙发，弹簧都露了出来。南边挨着院墙有两棵梨树，梨树之间有个简易鸡窝，鸡窝顶棚是一张破床，上面盖着两张石棉瓦，石棉瓦上压着两个隐约能见到斑驳红漆的窗框。西边是一小块菜地，里面有菠菜、黑白菜、生菜。房子三大间，两层。

都腊好了吧？陈克俭指指墙上挂着的鸡、鱼、猪肋条还有羊腿问。

王二赶紧接上，腊好了腊好了，正准备挪到屋里呢。

房子内外差别很大，外面贴着暗红色的瓷砖，老远看着很气派，里面却毛毛糙糙的，除了地上铺了地板砖，其他都是原生态——墙只涂了白，天花板还可以看到楼板，楼梯也是水泥面的。下来一年后陈克俭才知道，农村盖房大多如此，主体完工后，什么时候有钱了再一步一步拾掇。那受伤的九岁孩子就躺在一楼的一间小房子里，浓眉大眼，与年画里的小孩儿无二。汪桂兰也俊俏，年近四十，却依然细皮嫩肉，根本不像农村妇女。

陈克俭一屁股坐下去，光板沙发又凉又硬，硌屁股。王二把汪桂兰叫出去小声嘀咕了一阵——陈克俭后来才明白，

斑马，斑马

他是在安排老婆打荷包蛋。

陈克俭和王二寒暄了一会儿后，把话题拉到了主题上。我们来有两层意思，一是慰问，二是想跟你讲明白，你家这事儿该谁管。我们咨询了专业人士，说是发生在路上，得找路政部门。

公路局？王二问。

你们知道就好，不要跟外人说是陈乡长说的。小钟直截了当地说，陈乡长也是好心，想着是亲戚，给你们指条路。

这与亲戚不亲戚无关。陈克俭摆了摆手，纠正小钟说，谁有事政府都应该帮忙，政府就是为老百姓服务的。

王二又絮絮叨叨地讲了一遍出事的过程，包括转院的过程。他没有否认自己的倒霉，说过年时就有预感，接年的鞭炮燃了一半竟然熄火了。儿子第一次手术失败后，他专门回来了一趟，去老祖坟前磕头烧了纸。这不，第二次手术就顺多了。

汪桂兰端着托盘进来，王二赶紧从托盘上接下碗，一碗递给陈克俭，一碗递给小钟。陈克俭没有推让，他比谁都知道这边待客的规矩，荷包蛋是最高规格。过去穷，沿淮人只把女婿当客——现在这儿还把女婿称为客，说"我的客"其实就是"我的女婿"的意思——女婿第一次上门都能吃上荷包蛋。要是哪个家庭给女婿以外的人上了荷包蛋，那他绝对是被这个家庭当成了贵客。陈克俭硬着头皮吃了五个，碗里留了三个。吃这个荷包蛋有讲究，不能全吃完，得留几个。留一个人家会说你小气，留两个是骂人，四个太客气，三个正好。

没几天，田喜民汇报说王二去过公路局了——陈克俭让田喜民时刻关注王二的动向，怕他越级到省市群工部上访。公路局让王二去交通局，交通局让他去水利局……互相踢皮球，都说不归自己管，王二一气之下将坐在轮椅上的儿子拉到了县委门口。县委安排人出来解围，他们也搞不清该哪个部门管，问谁谁都有一大堆不管的理由。按属地管理的原则，只好让沿淮乡政府先把人带回去。

四

王静静第二天傍晚才得到消息。悲伤是难免的，但有些事必须得面对，屈静对陈克俭说。

像预料中的一样，王静静哭昏了过去，醒来不吃不喝，眼神呆滞。屈静汇报说，已经咨询过医生，不要紧，怀孕第四个月相对耐打击。陈克俭最关心的不是孕妇耐不耐打击，而是王二能不能尽快下葬。沿淮一带一般停尸三天，也有五天的。屈静说看情况三天不太可能，再等等吧。

第二天开始下雨，一会儿大一会儿小。来吊唁的亲友也疲顿了，在屋里支起了麻将桌。有人来，就放一小挂鞭炮。屈静安排汪桂兰的堂妹日夜陪着王静静，堂妹夫做王静静老公的工作——堂妹夫是六里的文书，急着想当村主任。王静静渐渐恢复常态，但神情还很木讷。汪桂兰的堂妹提醒王静静，三天了，入土为安。她摇摇头，突然没头没尾地说，老天爷在为他们哭呢。

雨小的时候，陈克俭赶过去看了看。村里还是土路，一下雨，泥泞不堪，这也是村民们都争着在公路两边建房的原因。屋里挤得满满的，里面支了个麻将桌，围得密不透风。院子本来就洼，下了雨自然到处都是积水。陈克俭在屋里对着院子发呆。那天下午下车看到地上并排摆着三具尸体时，陈克俭的眼泪就出来了。三具啊，可能是数量刺激了他，他心想。有一次他去参加同学的葬礼——上学时他们的关系并不是很近，所以也没有多伤悲——那同学躺在冰棺里，妆化得很好，像是睡着了。从殡仪馆出来，回头看到门口挂着的黑色横幅，沉痛悼念某某同志，黑底白字，年轻的名字就写在那样肃穆的场合，陈克俭没忍住，突然泪如雨下。想到王二正值壮年就被困在家里，老婆看不起他，儿子又横遭不幸，唯一温暖的家园因为还债不得不卖掉，哪个男人承受得了？当然，陈克俭的伤悲里还有自责，自己作为沿淮乡的一把手，眼下出现这样的事，惭愧啊！

幸亏背对着屋子，没人看见陈克俭的面部表情。有人从后面用伞遮住他，他才意识到自己已从屋子里走了出来。陈克俭没回头，暗暗希望雨再下大点儿，最好还有狂风，把一切都吹乱才好，乱了才有不顾一切的感觉。

手机响，郑书记一会儿要到乡里来。

陈克俭带着班子成员在政府院里候着。车子停稳，郑书记下来第一句话就问，王小贵是不是上访过？

陈克俭不敢隐瞒，实话实说，四五年前的事，因为他儿子。

郑书记哦了一声，又问，电视台也报道过？

是的，省二台，《百姓聚焦》栏目。陈克俭强调二台，是想弱化媒体关注的程度。过去的事了，乡里最后救助了他一万多块钱。

田喜民当时正不远不近地站着，没吭声。陈克俭怀疑的第一个告密者就是他，郑书记怎么知道这事？还有屈静喝醉住院那事，他怀疑也是田喜民跟巡查组反映过。信访是屈静分管的工作，田喜民想趁此机会把竞争乡长的对手打倒在地完全有可能。几天后陈克俭才了解真相，他冤枉了田喜民，王二上访一事是市群工部反馈给郑书记的。

听说都在踢皮球？郑书记问。

陈克俭把郑书记让进屋里，仔细汇报——不仔细也不行，网上至今还能搜出那一期《百姓聚焦》的完整视频。

王二找完了乡政府又去找公路局，推来推去最后还是到了群工部。群工部也没办法，给了两条解决意见：乡村干部做好家人的安抚工作，发动社会各界奉献爱心；积极争取项目资金，及时对断桥进行改造维修。王二在信访人意见一栏写了五个字：坚决不同意！字迹就像他那条断腿，拖拉到框外。陈克俭也见过这张表，那是什么意见啊，简直是扯淡！

王二给电视台打电话——他经常看那个《百姓聚焦》栏目，希望他们帮他说话。电视台的人竟然真来了，督促群工部牵头，把相关部门拢到一个办公室里。进了门，陈克俭才发现自己不该去，人家各部门派去的都是分管副职，唯独沿淮乡政府是乡长亲自到场。有人过后评价说，他那个时候刚下乡，心还没来得及硬起来，以为电视台来了肯定是大事。不过，陈克俭也不后悔，王二确实值得同情。王二曾经跟陈克俭说，自从他摔断了腿不能出去挣钱，老婆闺女都厌烦他，他很绝望，甚至想过自杀。也就是那次谈话，陈克俭从自己兜里掏了一千块钱给王二。陈克俭理解王二的处境，理解他作为一个男人的无助。

发言的时候陈克俭却态度强硬，他代表的是乡里，可不是他自己。事故发生在我们乡不假，但是在路桥上发生的，桥有问题我们乡政府也多次给相关部门打报告修理，已经尽到提醒责任，还在桥头竖了危桥标志。

那标志是出事后才竖的。王二撑着桌子站起来说。

王小贵你坐下，别激动。电视台的主持人示意王二。主持人是个中年妇女，身材略显臃肿，操着一口标准的河南话，与农村妇女没什么两样——这也可能正是那个节目受老百姓欢迎的原因。我们节目组专程去拍过那个桥，危桥标志确实有，但没在桥头，在桥头那一家的麻将屋里摆着。

那是我们找的义务宣传员。陈克俭辩解。

危桥不危桥不是重点，主持人说，是不是该公路局管？

我们管省道，县乡公路归交通局二线站管。公路局一下子撇清自己。

交通局马上分辩，农村公路的管理养护不归我们管。

公路局交通局不管路，管啥？主持人也迷糊了。

我们管路，但管不了桥。交通局的人说，桥不归我们修也不归我们管。

水利局接过去，说我们修桥不假，桥的使用我们可管不了啊。按你们的意思，农民工修了桥，桥上出了事还得找农民工？

主持人说，我听着，好像你们个个都有道理，就王小贵没理。

桥要是自己断了我们也认了。王二以为主持人是想让他发言，便又站了起来。桥是你们烧麦草烧脆了才断的。

谁听说过火能把石桥烧断？群工部当然站在政府这边，不过，有镜头对着，群工部的发言人还是很克制的。桥只是孩子出事的条件，并不是原因。要依你这逻辑，路上车出事都可以怪政府路修得不够宽。

…………

会开了快两个小时也没有结果，主持人适时截住话头，咱今天也别找责任了，汶川地震政府没责任，不也得全力救助？王小贵的状况大家都知道，他自己腿折了，儿子又遭此厄运，从人道主义的角度讲我们也得帮他一把。

陈克俭首先表态，我们沿淮乡争取年终给他弄点儿救济。王小贵这种情况够低保条件，回去你写个申请，包括孩子，交给你们村支书。

指望村支书？饿死我他才高兴呢。王二说，你看看王畈吃低保的都是谁——王连举的孩子舅是财政局的股长，王栓保老婆的表叔……

王小贵，今天是解决你的问题的，别那么多事。主持人提醒他。

王二费力地站起来说，都不管，十几万，我还指望啥！

谁不管了，政府不是在管吗？陈克俭当着主持人的面承诺，你的申请直接交给我，可以吧？

五

傍晚，田喜民打电话说，他们抓到人了。

抓到什么人了？陈克俭不解。

奸夫啊！

陈克俭马上意识过来，田喜民说的应该是汪桂兰的情夫。老田，可不能乱来！

什么世道啊，还从郑州过来，挺有情义呢。田喜民像是没听到陈克俭的警告，语气猥琐。

可能是汪桂兰现在的雇主，听说这边出事了，想来表示一下。

雇主哪有这么好的？

警察已经确定，犯罪嫌疑人是王二！陈克俭再次提醒他。

我知道，田喜民说，谁也没有当他是凶手。

通奸不违法，你这个人大主席不会不知道吧？

放心，我不会动手，我让王二的几个亲戚堵住了他。

千万不能动手！

嗯，我知道。

挂了电话，陈克俭还是不放心，打电话问屈静在不在王畈。屈静说没有，刚从那里回城。陈克俭想想不放心，还是得去看看，心里同时骂那个"雇主"蠢货，这个时候送上门，明显找不自在啊。

院子里比前几天多了十几个花圈，色彩斑斓的，很是耀眼。

陈书记，我没拦住他们。田喜民上来解释，不要紧的，他们知道轻重，没打他的脸。

陈克俭沉下脸，没理他，径直走到那堆人跟前。郑州来的人六十岁左右，可能是刚从地上爬起来，右手撑着腰，鼻子下面还有血，左脸红着。他身上的西装虽然皱巴巴的，但还是将他与王畈人区分开来。看陈克俭像个官员，他又来精神了，嚷着要报警，说你们这是犯法。

陈克俭厌恶地看了对方一眼。要不是这些男人，王二一家也不至于走到今天这种地步。王二对汪桂兰也不全是恨，要不然，死之前为什么还要刻意与她躺在一起。王二恨的应该是勾走汪桂兰的那些男人！一个男人，最忌讳的并不是自己怎么样，儿子怎么样，而是老婆的背叛。虎毒还不食子呢，没有这些男人，王二能对汪桂兰母子下这么狠的手？

斑马，斑马

报吧，警察正等着抓你呢。田喜民捕捉到陈克俭一闪而过的表情。

有人趁机又上去踢了那人一脚。

别闹了！陈克俭喊了一声，先去卫生院处理一下。

郑州人晓得形势对他不利，没敢再吭声，一瘸一拐地爬上了小钟的车。

你们凭什么打人家？车开走后，陈克俭转脸质问站在院子里的人。

我们没打，谁见我们打人了？有几个人半开玩笑半耍无赖似的说。

陈克俭走近田喜民，低声训斥他胡闹，他们不懂法你也不懂？即使你抓了现行也只是道德问题。

田喜民讨好地说，我是想借此机会闹出点儿动静，好让王静静知道，她爸是因为她妈乱搞才下的毒，跟乡里无关。

陈克俭暗暗给田喜民点了个赞——管它阴招阳招，还真管用，屈静正愁不知道该怎么把真相告诉王静静呢。但嘴上还是说，惹出了事怎么办？乡人大主席指使老百姓打人，你不怕上面处理你？

别听他吓，他不敢报警。田喜民早看出了陈克俭的态度，警察昨天晚上去找他了，听说他跟汪桂兰的网络聊天记录都被警察掌握了，要不然怎么去调查他？

等人都散了，王静静他们也吃饭去了，田喜民又凑过来，神秘兮兮地说，知道不，王二一直不肯闭眼。陈克俭身上又一紧。天像是说话之间突然黑了下来，他们被夜色团团包围。四周静悄悄的，有点儿瘆人。陈克俭装出无所谓的样子，没理他。

那天过来时，三具尸体脸上都已盖上了火纸，身上穿得正正经经的。他当时心里很乱，又紧张又愧疚，哪儿还敢掀开火纸看。从小受的都是唯物主义教育，陈克俭从来不相信那些鬼鬼神神的，但田喜民的话激起了陈克俭的好奇心。他在王二棺材前烧了几张纸磕了三个头，心里安慰自己，反正排起来也是长辈，磕几个头也是应当的。趁田喜民出去的时候，陈克俭偷偷走到冰棺前探身看了看。王二的眼珠被眼睫毛上挂着的厚霜遮挡住了，根本看不清。那个十字架应该是王二死前自己挂到胸前的，足有手机大小，白霜下隐约可见其银色质地。入殓时没有给他换寿衣，就让他穿着自己提前换好的黑西服，汪桂兰母子也一样，还是王二为他们换上的衣服。

上访之后的这四五年里，陈克俭只见过王二一次。他说土管所要扒他的房子，要陈克俭给他做主，乡长表叔的房子要是被扒了，看你的脸放哪儿？陈克俭说，别说乡长表叔，乡长亲爹的房子要是属于违法建筑也得扒！王二说，我在废地上盖两间小房子，咋违法了？陈克俭问，废地？你不知道所有土地都属国家所有吗？你有房子，为什么还要再建？王二只说他费了好大劲才把那个大坑填平，想盖两间小房子，你们凭啥不让盖。陈克俭说，公家的地，你想盖就盖？王二说，你们不让盖，我填土的时候你们哪儿去了？哦，等我打了地基，动工了，你们就都出来了。

陈克俭当时没问那么多，王二卖了小楼的事还是他后来从刘斌那儿了解到的。王二把自己的小院连同小楼都卖给了邻居——邻居两个儿子都要结婚了，需要两套房子。刘斌汇报说，王二把村子西头的塘填了。陈克俭很生气，好好的塘，他不吭不哈就填平了？刘斌又说，也不算塘，水都干多少年了，村里当垃圾池用。陈克俭问，他填的时候你们就没制止？刘斌说，我们也问过村支书，村支书说反正是垃圾池，起先没当回事，以为他想整块菜地，没想到是盖房子。陈克俭这才想起他原来有房子。刘斌说，我听村支书说他把房子卖了，还账。他儿子做手术借了十几万。

刘斌走后，陈克俭想想不是味，又给他打电话。算了，咱执法也得人性化一点儿。他填土的时候我们没制止，现在房子起一半了你再去扒，不合适。刘斌说好，不扒了。又问，是不是罚点儿钱？陈克俭说，为了还债，房子都卖了，他哪还有钱？

没想到，再见他，人已经"没得了"。

有车灯远远照过来，陈克俭以为是小钟回来了。近了看，却是屈静。屈静从城里赶过来，闺女病了，在医院输液。

没事吧？陈克俭问。

没事，发烧，输两瓶水就好了。

我不知道你回城了，早知道就不……好了，没事了，你回去吧，回去陪陪孩子。

二孩放开后，屈静的老公一直想再要个男孩儿，屈静死活不依。屈静的老公三代单传，想生个儿子也是情理之中的事。婆婆也出面相劝，劝多了，屈静干脆说她是不会再生的，老公真想要，可以在外面跟人家生一个，抱回来她认。话当然是玩笑，但足见屈静的决心。陈克俭能理解，依屈静目前的状况，再生一个孩子前前后后至少得折腾两年，几乎等于自动放弃了自己的政治前途。两口子因此经常闹别扭，再加上屈静老在乡里，顾不了家，夫妻关系犹如雪上加霜。

六

早晨醒来的时候，陈克俭晨勃了。他认真想了想，自己的身体差不多有两个月没有这么兴奋过了，也许三个月。他不想起床，躺在那儿划拉手机。又翻到老婆那天微信里的话，陈克俭，有件事我们一个多月没做了。哪儿有一个多月？陈克俭尴尬地笑了。屈静的微信朋友圈早上六点二十二分更新了一次，这时候应该起床了。她昨晚赶回去了，有没有与老公做那件事？应该没有吧，他们关系不好。又想，也不一定，再闹毕竟是夫妻，又年轻，该做的功课还是得做的。屈静身材不错，以前陈克俭没太关注过她。屈静不漂亮，但胸部饱满，夏天衣服穿得少时，能看到里面在荡漾。那次送她回家导致他们两口子吵架之后，陈克俭再单独跟她在一起就有点儿不自在，好像他们真做了什么见不得人的事。正胡思乱想时，

斑马，斑马

手机响了，是城建局办公室的号。他不想接，连赖个床发个呆的时间都没有。停了会儿，又响，还是那个号，锲而不舍的。只好接了，对方让报迎检村。陈克俭略有不悦，不是报过了吗，六里。对方说，领导给否了，六里没有循环路——检查不让走回头路。只剩下一天时间了，纵有天大的本事也准备不过来啊。陈克俭暗暗骂了句娘，什么狗屁规矩！人早已经彻底清醒，立即给刘斌打电话，问他六里能搞出个循环路不，回答说暂时不能，那条路正在施工，清理干净至少还得两天。只好王畈了，陈克俭让刘斌马上赶到王畈，设计好线路，最好绕过王二家。

早饭桌上，陈克俭安排田喜民抽出身搞迎检，他和屈静应付王二这一摊子事。田喜民蹙了蹙眉。陈克俭补充说，老田你多动动嘴，让刘斌去铺排。田喜民说，这话得你亲自说给他才中。陈克俭知道现在他们俩关系微妙，就说放心吧，刘斌那儿我会安排好的。

蔡部长还是蔡书记时就委婉提醒过陈克俭，班子里数田喜民资历最老，要注意团结他。在乡里工作了几年，陈克俭多少也看出点儿田喜民的路数。田喜民阴招多，刘斌是他的狗腿子。刘斌部队转业时还一身野气，跟了田喜民几年后，便唯田喜民马首是瞻。有一次田喜民的一个关系户办低保，分管副乡长没同意——那人明显不够格。没隔多久，刘斌就趁着酒意在乡政府楼上指名道姓地骂那个副乡长，晚上又去人家家里道歉，说自己喝多了。陈克俭观察了大半年，想先瓦解他们。陈克俭瞅机会跟刘斌谈了一次，问他在乡政府待了多少年。刘斌说十三年。陈克俭摆出惊讶的表情，这么多年都没进步？刘斌很尴尬，说自己没文化。陈克俭手一摆，说林管站缺站长，你去吧，我相信你能干好。刘斌一下子站起来，眼泪差一点儿就出来了。陈克俭在班子会上提这事时，田喜民一点儿思想准备也没有。刘斌不负众望，沿淮的林业工作当年就排到全县前列。初尝权力的好处，刘斌再也没有借酒闹过事，很快变成了陈克俭的人。田喜民的一条腿被打掉，失了平衡，路走得跟跟跄跄，哪还敢生事？一年前村镇中心主任升为副乡长，陈克俭提议让刘斌接任，田喜民却投了反对票。这事不知道怎么传到刘斌耳朵里，两人彻底分道扬镳。就因为这，人居环境工作才改由屈静分管。

陈克俭不太放心，田喜民走之前他过去问，知道这次的检查重点不？

搞干净不就行了？田喜民说。

陈克俭让他先关了汽车发动机，一条一条讲了评分标准。得有相关宣传标语，文化墙，沿途的墙得全部涂白，不能见旱厕，路边不能有杂草、垃圾堆，柴火不能乱堆乱放……

田喜民说好，他马上去检查落实，争取明天早上八点前做好。

到了王畈，三个人分头行动。屈静趁机向陈克俭请求，陈书记，王二那一摊子事就够田主席忙活的了，检查还是交给我吧。

王二那一摊子事我们没在忙活？陈克俭反问。

这么短的时间，你让田主席怎么准备？

陈克俭瞪圆了眼，你什么逻辑，老田一个大老爷们儿都准备不好，你去就能准备好？

屈静无言以对，我分管的工作，怕人家说……

陈克俭知道她下面的意思，无非是怕人家说他照顾她，说他们的闲话。陈克俭自忖没有徇私情，田喜民本来负责王二这事不假，但政法工作也属屈静分管，接手王二这事再正常不过；田喜民包着王畈，还是下届乡长的第一人选，人居环境检查又是乡里的大事，他这个准乡长不该担此重任？

你还是多想想办法把王二这一摊子事处理好吧。陈克俭提醒她，明天都第七天了，再拖下去，事儿更多。

话音未落，陈克俭的电话又响了。

怎么了？屈静问，看你紧张的。

省政法委明天要过来一个处长。陈克俭说，蔡部长让加紧做工作，务必今天晚上安葬。

今天晚上？屈静说，不可能。

蔡部长的意思是，市里来的人咱都熟悉，有什么也好担待。省里就不好说了，他们可不会给咱们留情面的。

人死了，明摆着的事，有什么让他们担待的？

让他们担待的事多了，你就这么自信，工作完美无缺？陈克俭还在担心王二儿子那事，怕他们揪出来做文章。陈克俭跟任何人都没敢提王二说他绝望的事，但这几天，眼前老是晃着王二绝望的眼神，赶都赶不走。

怕东怕西的，啥也搞不成。屈静不满。

我怕东怕西？陈克俭喊了一声，你以为我就这么在乎这顶帽子？

屈静不言语。

陈克俭又说，因为这事免了我们划不来，丢人。大家都尽力吧，做到什么程度算什么程度。蔡部长刚才就是这个意思。

我一直在尽力。屈静问，蔡部长是让花钱摆平吧？

还有什么好办法？陈克俭说，你跟他们直接谈吧，看要多少钱。

陈书记，一旦提到钱，我们可就收不住了。

你提一万，他们会要十万；你提十万，他们会要一百万。乡政府有多少钱？

你说怎么办？总不能老这样耗着！王静静的老公公不是有病吗，给他个低保指标。

又拿低保哄人！一有人上访就许低保，你们这是在鼓励更多的老百姓上访。

你要是有其他办法能哄住他们，更好啊。

下午三点多，屈静从六里打来电话，说王静静的公婆要两个低保指标，另外给王静静找个轻闲点儿的工作，有了孩子以后王静静得两三年出不去。

陈克俭不信，就这么简单？

还简单？屈静问。

王畈小学不是办了个幼儿园吗？让她进去当个老师，既轻闲又可以照顾自己的孩子。

屈静想想，也算个好办法。王静静的老公还说，得安排好他岳父母。

那自然，全部费用都由我们出。

他的意思是，得隆重点儿。

怎么个隆重法？

她老公说乡领导得主持。

那肯定，我亲自主持。想想不对，我一个堂堂的乡长去给一个普通老百姓主持葬礼，也太丢份儿了吧？赶紧改口，我太忙，一会儿考虑考虑看派谁主持合适。屈静问派谁，谁愿意去？陈克俭想说派她去，又于心不忍，那种场合，怎么能让一个女同志上？田喜民？不行，他走不开，今晚恐怕得熬个通宵。还是我自己上吧，反正都是亲戚。

还得请响器班子，棺材得松木的，谢客得八个盘子四个碗，白酒得一百元以上的，烟得是芙蓉王……

屈书记，陈克俭打断她，那些乱七八糟的规矩我们不讲。你就跟他们谈，用什么棺材、上几个盘那是他们的事儿，我们把费用给他们，他们自己办，节省下来的钱是他们的。怕屈静不明白，又说，五万，绝对不能超过十万，你自己掌握，来不及开会商量了。

傍晚六点钟，屈静那边传话，他们死活不答应晚上下葬，最早明天。

明天就明天，不怕，这边的规矩是天亮之前必须下棺。等省里的人下来，一切都安排好了。

陈克俭放下心，想出去看看田喜民那边进展怎么样了。乡下的夜晚格外黑、格外静，老远就能听到人的呼吸声，像开会时面前摆了个麦克风，更不用说刷子在墙上来回摩擦的声音了。近了，才发现是两个老胳膊老腿的男人在刷墙，活干得像电影里的慢动作。再往前，有几个村干部，手里握着铁锹，像是在铲杂草。没人说话，可能是困了，也可能是这个时候还要干活，烦得慌。陈克俭给田喜民打电话，那边闹哄哄的。陈克俭问，你在喝酒？田喜民说，没有，我在办公室。陈克俭也不揭穿他，又练字？田喜民说正好过来给王畈的文化墙写标语。

刘斌在乡里，正在找以前没用完的宣传横幅。陈克俭问他见田主席没，刘斌犹豫了一下，说田主席在信阳炖菜馆吃饭，他朋友来了。陈克俭不好跟刘斌说什么，他一个股级干部哪儿能管得了人大主席？陈克俭跟刘斌交代，王畈人手严重短缺，刷墙的得再找两班，最好六个人，三组。联系中心校，就说我说的，派两个字写得好的男老师，过来写标语。最好找个会画画的，搞个文化墙出来。

陈书记，刘斌叫了一声，突然又不说了。

有事？陈克俭问。有事就说，别吞吞吐吐的。

话到嘴边又忘了，刘斌说，等我想起来再说。

晚上十点多，屈静发微信过来，三万块钱搞定。阴阳仙已定下出棺时间，明早四点四十五分。

斑马，斑马

陈克俭不相信，拨了屈静的电话，还没接通又挂了。说什么呢？得好好想想。说实话，五至十万之间他都能接受，没想到三万能谈下来。陈克俭用力清了一下嗓子，朝远处吐了口痰。嗓子还是不舒适，像是有什么东西堵住了。

屈静的电话拨过来，他摁断，还没想好怎么说呢。三万，说实话，有点儿少，陈克俭心里不安。屈静肯定是尽心尽力跟他们谈的，应该表扬一下人家。怎么表扬呢？陈克俭摇了摇头。算了，不表扬了，反正她是分管领导，处理好这事本来是她分内的工作。陈克俭给她发了条微信，说没事，刚才拨错电话了。觉得还不够，他又在表情里选择了一个拥抱的表情，犹豫了一下，还是发了过去。没回应，是不好意思还是装着没看到？陈克俭又趁势复制了三枝红玫瑰发过去。暧昧，或者感谢，都能解释得通，让她自己想去吧。网络真好，虚拟与现实很难划清界限。

过了一会儿，电话又响了。他以为是屈静，却是小舅子。你那文化墙，明天搞就不行吗？我下午联系好人了，明天一上午就能完工。还有刷墙，你让我大半夜的去哪儿找人？明天上午我再加人。

不行！陈克俭斩钉截铁地说，明天上午九点人家来检查，等不及。

挂了电话，陈克俭找来刘斌，问他写字的画画的刷墙的人都找来没，刘斌说马上到。陈克俭严肃地说，刘斌，你要是再让我小舅子插手咱乡里的事，你这个主任就当到头了。

陈克俭来沿淮后，小舅子背着他揽下了乡里危房改造的活儿。虽是小工程，但面撒得广，小舅子的建工队不愁没活儿干。陈克俭睁只眼闭只眼，反正找谁都是干，谁让自己欠了人家的情呢。但搞着搞着小舅子就忘形了，建工队的人敲人家改造户管中午饭，以各种理由让人家加钱给房子升级……恰遇一孤寡老人，六十岁左右，自己都是有一顿没一顿的，哪有能力管几个工人吃饭？工人们吃喝惯了，就把怨气发在了房子上：墙垒斜了，顶也没处理好，几处漏雨。孤寡老人觉得委屈，到乡里理论，陈克俭大怒，一方面跟小舅子作保证，欠他的钱会连本带利很快还清，但绝不允许他再插手乡里的工程；同时在班子会上严重声明，今后小舅子若再以他的名义来乡里行方便，无论涉及谁管的口，无论工程大小，必须拒绝。否则，后果自负。

　　落实好王二几口的丧葬事宜，陈克俭想回乡里小睡一会儿。躺到床上，却怎么也睡不着。会议室的电视是老式的，没法插优盘。等当了书记，第一个要换的就是电视机。陈克俭喜欢看电影，平时会下载一些别人推荐的好电影存在优盘上，以备心情不好或注意力不集中时插到电视上看。

　　凌晨两点，陈克俭熬不下去了，想再去王畈看看。钥匙一拧，发动机轰隆隆地响起来。声音太大了，陈克俭吓了一跳，赶紧熄火。他想给小钟打电话问问，又觉得这个点不妥。第二次打火，陈克俭小心翼翼。汽车重新轰隆隆地响起来。陈克俭下车，关上车门。耳边还是轰隆隆地响，衬得政府院格

斑马，斑马

外安静。身后的政府小楼黑漆漆一团，如荒村野外的墓地。

这两天，陈克俭老是不由自主地想到鬼，想到死。周围静悄悄的，他觉得像是办丧事时的肃穆。电线杆、房屋的影子被路灯投射到街道上，他也觉得死气沉沉的，更不用说去王畈了。甚至听到谁提"王畈"这两个字他都觉得阴森森的，身上要起鸡皮疙瘩。

老远看到村部有灯悬在大门外，陈克俭定下心。有人正在整人居环境的相关档案。他进去看了看，屈静竟然也在。

别忘了把环卫工人的工资发放册装进去，陈克俭嘱咐道。

装了，都在里边。有人回他。

还有乡里的卫生检查记录。

那人亮了亮手里的文件说，都在这儿呢。

你怎么来了？他转向屈静。

那边都准备好了，不会有变化了。

辛苦你了！老田临时有点儿事。

七

王静静一切都听她老公的，起棺、入土时鞭炮的长短，响器班子，乡里哪个级别的领导讲话，行什么礼……都是小节，陈克俭也不管，任由他们折腾。他素衣白花，在送葬的队伍中一点儿也不显眼。

下了棺开始填土，坟堆起来，太阳也从东边出来了。天晴得出奇的好。陈克俭突然想到小时候被老师批评过的一篇作文：我奶奶死的那天，阳光灿烂，万里无云……

回乡政府的路上，陈克俭收到蔡部长的短信：省政法委丁处长八点从郑州出发。后附一串车牌号。陈克俭打电话问什么意思，上边不是明令禁止到县界迎来送往吗？蔡部长说，咱不是怕出意外嘛。陈克俭还是不明白，既不让接又怕出意外，发车牌号干什么？蔡部长说，放火那事算过去了，要是杀人这事再出个什么纰漏，别说当书记了，你的乡长能不能保住都难说。蔡部长给他指路，派个车偷偷到高速口那儿候着，一能及时了解领导的动向，二也防止群众私自接触他们。

姜还是老的辣。陈克俭赶紧派了个副乡长去高速出口，同时让小钟通知在家的班子成员临时开个小会。

田喜民和屈静一前一后进来。陈克俭沉下脸问，老田，你的字练得怎么样了？田喜民知道是算昨晚的账，赶紧道歉，不好意思，朋友来了，我喝了几杯酒。伸手不打笑脸人，陈克俭撇开这事，又问，都准备好了？田喜民说，差不多了。陈克俭说好，等这边检查完，你们都回去好好休息两天。又问屈静，屈书记，昨天的谈判还顺利吧？

屈静说，他们张口就要三十万。我说三十万想都别想，这是什么性质的事你们自己不清楚？刑事案件，家庭矛盾。政府出点儿钱是出于人道主义。乡里已经定下调子，答应救助一万块钱。他们又缠，从二十万降到十万……来来回回谈了十几轮，最后才定下三万，一人一万。还有低保，王静静的公

斑马，斑马

婆一张口就要五个指标，他们老两口的，儿子儿媳妇的，连儿媳妇肚子里的孙子都预备了。理由很简单，儿媳妇没有父母，孙子没有了姥爷姥姥……

什么世道啊，乡政府成了老鳖孙了，谁想捉谁捉！田喜民感叹。

老田啊，王二到今天这个地步咱们政府真没责任？陈克俭这话既是对老田说的也是对所有班子成员说的。老百姓如此绝望，咱们作为父母官就不羞愧？你说他穷凶极恶，穷凶了才极恶。不假。但他穷凶我们就没责任？我这几天一直在想这个问题，王二儿子不出那事他会卖房子？恶是有源头的，源头我们没有处理好啊。假如你我换作王二，腿折了，老婆有外遇，儿子又横遭不幸，政府不伸手还互相推诿，连个低保都评不上，不绝望？说内心话，最后谈到三万我都不好意思，三万块钱能封人家的嘴？三万块钱能表达咱们的歉意？

田喜民承认，王二和他儿子没评上低保，应该是他们的工作出了问题。

按上级的意见，以前的低保户全部取消，重新由各村党员干部和进步群众代表投票产生。起初陈克俭也觉得这方法好，民主评议，权力下放给老百姓。没想到，王二家竟然没被评议上。反思之后陈克俭觉得这民主评议确实有问题，像是推卸责任，把责任全推到了村里。他下去摸了两个村的情况，发现越是特别穷的贫困户，性格越偏执，越不会做人。反过来也一样，越是不会做人，性格偏执，他们才越穷。比如王二，他连房子都卖了还债了，还不够低保标准？王二和他儿子只吃了不到四年的低保，他到乡里闹，说政府说话不算话。陈克俭当时正在乡里，听到王二在外面闹，让包村的田喜民出去接待。田喜民给王二解释，说我们有记录，十一个村民代表，七个投了你的反对票。王二不听，还在外面喊，我不管你们咋搞，低保都给了干部的亲戚就是不对。田喜民问，哪个是干部的亲戚？你们村可是严格按上级政策走的程序，民主评议。王二嗓门越来越大，啥狗屁民主评议，我找十一个人评议你好不？要是有六个人反对，你别当官了？

陈克俭赞成六里的做法，既不违反政策，又因地制宜。屈静和村干部一起先定下一批特别明显的贫困户，再把剩下的条件相当的拿出来搞民主评议，最后公示，让村民们作比较，有比公示出来的更穷的，再参加评议。陈克俭准备在审定第二批低保户时推广六里的做法。

说着说着人就齐了，开始开会。陈克俭自嘲说，今年可是我们乡的凶年，用蔡部长的话说，杀人放火都有了。众人会意，都笑起来。陈克俭接着表扬了这几天大家的工作，尤其是田喜民和屈静，昨晚都熬了个通宵。两个人听到表扬都红了脸。陈克俭又讲了乡里当下的紧张形势，省政法委也要下来人，好在王二一家三口的事已经安排妥当，基本上算大功告成了。但也不能掉以轻心，还得绷着。马上人居环境检查小组也要过来，虽然只检查王畈，但所有人都要过去迎接，都要管好自己手下的人，别到时候乱哄哄的。

陈克俭驱车到乡界那儿迎候。这也是规矩，凡县领导下来都要远远地接着。为什么省市领导来了反而不接？上级明令禁止是一，关键是摸不清领导的脾性，怕他们真拉下脸拿文件说事。

　　人大常委会主任临时有事，副主任带队。这边早已得到消息，但接待规格没变。检查组坐的是一辆小中巴，分成三个小分队，有检查档案的，有检查基础设施的，有检查全貌的。这些人陈克俭有的熟悉，有的根本不认识。他们恭敬地站在车门口，跟下来的人一一握手、问好。昨天下午陈克俭就拿到了名单，让班子成员分头认领，拣熟识的去拉关系打招呼。

　　刘斌不认识带队的副主任，拿着两盒中华烟硬朝他兜里塞。陈克俭叫住他，刘斌，先上车。刘斌不笨，听陈克俭把语气放在"先"字上，知道话里有内容，便讪讪收手。

　　检查组分三路，陈克俭陪副主任检查全貌。一进王畈，陈克俭就开玩笑说，没有一处垃圾，谁要说有我下去吃了它。检查路线没有绕过王二家，大路正好在他房子西边。不过，王二家门前屋后已经干干净净——灵棚拆了，临时大锅灶也拆了，地上的炮仗灰扫净了，人早散了，一点儿也看不出这儿早晨刚举行过一场葬礼。这也是这一片葬礼的习俗，从坟场上回来，屋里得恢复成人死之前的样子，死者的一切都要销毁，包括照片。这习俗真够无情，陈克俭的心有那么一小会儿飞出了窗外，停在王二的小屋那儿。王二一家三口就这样"没得了"，悄无声息的。

看不见王二的房子了，陈克俭的心才收回来。他特意强调，我们准备不充分，原定的迎检村临时被否定，我们接到通知离现在还不到二十四小时。

还好，人大常委会副主任点评的时候说的都是些小问题，宣传标语不够，文化墙上的字写得扭捏……农民没有审美意识，乡政府应该多引领，比如路边地头的玉米和蔬菜，能换多少钱？充其量也就二百块钱嘛，种鲜花多好看……要是换个人，陈克俭肯定会笑他书生气十足，农村谁种鲜花，又不是城里？但人家是检查组成员，是钦差大臣，陈克俭全程频频点头，像小学生一样认真地把领导的意见记在本子上，末了还表态说一定认真整改，争取下次有大的改观。

送走检查组，已经是十点四十二分，去高速路口的副乡长还没有消息。电话打过去，副乡长说他们一直盯着呢，没见丁处长的车。从郑州到县城高速口最多两个小时车程，都快三个小时了，丁处长是换车了，还是从别的出口下来了？又不能问，只好傻等着。

田喜民过来献计，说路上我就在想，能不能想办法把王静静哄走？比如送到武汉检查一下身体？当然了，绝不能让她知道我们是想让她回避，知道了又会生事。

好是好，但她早晚会知道我们的意图的，将来不还是事？

能躲一时是一时啊，田喜民说，眼前这关最要紧。

屈静正好进来，陈克俭问她，你看让谁去说服王静静？

屈静不同意田喜民的方案，说那样反而弄巧成拙。不就

　　　　　　　　　　　斑马，斑马

是王二的低保嘛，反正警方已经得出结论，王二杀人是因为家庭矛盾，又不是因为低保，我们怕什么？我还是那句话，该来的谁也挡不住，谁都回避不了，面对才是解决问题的正确方法。再说了，人家父母刚下葬，头七还没过完就要把人家骗走，我们是不是太不仁义了？

想想也是。算了吧，陈克俭说，也不能为了咱们的"平安"太不近人情。

田喜民又说起人居环境检查。刚才政协办公室主任给我发微信，说咱们乡应该还不错，至少不落后。屈静也说，我跟小汪说了，评比结果一出来马上发给我。小汪是她侄女婿，去年县人大招公务员进去的。

这时，蔡部长的电话打过来了。高速路上出车祸了，丁处长的车被堵了两个多小时。不一会儿，副乡长也打来电话，丁处长的车刚下高速口。

下午一点十分，丁处长的车径直开进了县委大院。

半个小时后，陈克俭接到通知，下午三点半赶到县委礼堂汇报王二事件。

挂掉电话，陈克俭长舒一口气：丁处长看样子是不来了，警报解除。

八

一个月后，干部调整的宣布和集体谈话同时在县委礼堂进行。路边上临时搭了个灵棚，出来进去的人都戴着长长的白孝布。陈克俭有意看了看挽联，死者李有军，他不认识，也没听说过。陈克俭想象李有军是一个老兵，参加过抗美援朝；他应该有个初恋，一直挂念着。怎么死的呢，生病，还是车祸？像瓜一样熟透了也有可能……王二之后，陈克俭觉得每个死者都有一大堆故事。

陈克俭在礼堂外面碰到了田喜民。晦气，今天的会肯定不是好事。

是不是好事田喜民肯定早知道了。也不光田喜民，陈克俭也知道自己的去向——每个当事人都清楚。有人欢喜有人忧，什么时候都一样。田喜民调到民政局，副局长。虽不十分理想，也算满意。他应该知道陈克俭没为自己说话——官场里的事，看似铜墙铁壁密不透风，实则皇帝的新装，一目了然。内里的曲折外人看不到，但经过他人的转述，传出来的时候都栩栩如生。屈静当了乡长。意外的是陈克俭，原指着屈静当上乡长好为他这个书记卖命，没想到自己却回了城，一个轻闲单位，档案局。细想也不算意外，主要是陈克俭没有把"杀人放火"太当成事——估计领导研究任命的时候有人也会这样说。

散了会，陈克俭碰上几个乡长书记，都替他鸣不平，说这么安排令他们这些在职的乡长书记寒心。陈克俭没想到他的新职务这么不入他们的眼，竟然用上了"寒心"两个字。

上午宣布完下午就要交接。要说也没什么工作要交接，需要交接的是感情，吃顿饭就是交接活动，欢送和迎新都在其中。

晚饭桌上有沙狗子，几个刚调过来的新人很兴奋。沙狗子是淮河里的一种鱼，一拃长短，全身晶莹白亮。据说淮河沿岸只有十几公里产这种鱼。沙狗子肉质细嫩，可煎可炸还可做汤，是沿淮乡乃至全县能拿得出手的名吃。这两年河里采砂，沙狗子越来越少，一斤早卖到五十块钱，还不一定能买到。政府食堂平时会囤一点儿，在冰箱里冷冻着，保证重要客人即使突然来访也能吃得上。

酒至半酣，那几个过来履职的新人借机向要走的老领导讨教。陈克俭知道这也算交接的一部分，问的人客气，也有尊重，答的人自然也不能太当真。他指着酒瓶，说比方这喝酒，其实也能看人。老喝醉的人，肯定成不了事。老不喝醉的呢，工作上虽然可以依靠，但这种人过于理智，不宜做朋友。众人都赞，唯独田喜民低头喝茶。陈克俭猛然醒悟，觉得自己似乎刻薄了点儿，想解释，又觉得会有此地无银三百两的嫌疑，便赶紧把话题引向一边。

吃完饭，小钟早将陈克俭的衣物收拾好放进后备箱。陈克俭客气地拍了拍小钟的肩膀说，麻烦你最后一次了。小钟给领导开车久了，也变得会说话了。怎么会是最后一次？山不转水转，指不定什么时候陈书记又成我的领导了。陈克俭笑笑，已经不是书记了。陈克俭没有小钟想象的那么失落。这几年，他想放弃的东西渐渐增多，权力、美食，甚至女色……不是因为自己都经历过了才会放手，应该是每一个上了年龄的人都如此吧。朴素简单，是生和死都要回归的界点。档案局局长，这是他最初下来时的设想——当两三年乡长升书记，书记做两年回城，做个清闲单位的头儿，荣荣光光的，多好。如今没有当成书记，竟也直接进了个清闲单位——还有比档案局更清闲的吗？

窗外突然亮起来，进县城了。路灯密集地排起了队，越往前走，越亮堂。卖减价皮鞋的、卖儿童玩具的、卖小玩意儿的，渐渐多起来。也有小吃摊儿，矮桌子矮凳子，三五个人围着。还有牌桌，就搁在路灯下，看的人比玩的人多。陈克俭打开车窗，坐直身子。真热闹啊，好像城里的白天是从晚上开始的。远近都有红红绿绿的霓虹灯，高高低低的，拼成练歌房、酒店或单位的名字。有些他熟悉，比如产业集聚区，是西区最高的建筑；还有人民医院，那个弧形的长霓虹灯。有些他就不熟悉，不仅不熟悉，简直是不相信。比如那个第一什么什么，后面四个字太远，他没认出来，平时也从来没注意过哪个单位有那样六个字。小钟却清清楚楚，说那是第一初级中学，不是他眼睛好能看清那六个字，他就住在第一初级中学的后面，还用看？还说那六个字是三年前一中换新校长后装上的，字很大，白天老远就能看到。三年前他在干什么，陈克俭想起来，县委书记好像就是那一年被"双规"的，那段时间他自然也如坐针毡。

卧室的灯亮着，老婆在等他——上午就跟她说过，晚上

斑马，斑马

回来。母亲一个人在客厅看电视，平常这个时候她早睡了。见他进来，母亲指着电视说，瞧，找不到门了。陈克俭一愣，扭头看电视，是一个迷宫游戏，影视明星们在迷宫里辗转，寻找通向出口的门。

（原载《啄木鸟》2019年第2期）